LA CASA DEL AZAFRÁN

BEAUTIFUL TRAITOR BOOKS

LA CASA DEL AZAFRÁN

Un mundo donde la transformación es contagiosa

KINGSLEY L. DENNIS

Ilustrado por
Naomi Hasegawa

http://www.beautifultraitorbooks.com/
ISBN-13: 978-1-9999053-3-0
Primera publicación: 2018

Imagen de portada y dibujos internos: Naomi Hasegawa
Portada y diseño de libro: Ibolya Kapta

Agradecimiento especial: El autor quisiera expresar su profunda gratitud y agradecimiento a Naomi Hasegawa e Ibolya Kapta. Las maravillosas ilustraciones de Naomi han hecho que este libro cobre vida; su obsequio ha sido generoso, y su dulce presencia impregna estas páginas. E Ibolya ha sido una recolectora de azafrán desde el inicio. También mi profunda gratitud a Fernando Álvarez-Ude y Carmen Liaño por traducir este libro del inglés. Recoger la especia de estas palabras no fue una tarea sencilla: los dos recolectores de azafrán han producido una excelente cosecha. Obtener el azafrán ha sido un esfuerzo grupal, y doy las gracias a un equipo tan maravilloso.

DEDICATORIA

Para quienes estén interesados en lo que el azafrán
puede enseñarnos

*Si sale el sol externo pero el interno no lo
hace, nada se ha logrado*

Madre

TERESA

El universo no es la expresión de ecuaciones matemáticas, es la representación de fuerzas poéticas; y, como un niño, está ebrio de amor y asombro, y de la gozosa curiosidad de la aventura.

CAPÍTULO UNO

~ Sólo quienes dan el primer paso pueden
aprender a andar ~

La pequeña niña entró sigilosamente en la habitación, sin querer hacer el menor ruido, ni perturbar las motas de polvo que flotaban a la deriva sobre los rayos del sol. La luz matinal había surgido temprano, como solía durante los días de verano. El calor también había comenzado a ascender, preparándose para penetrar a través de la ventana ligeramente entreabierta. Con los últimos vestigios de la fragancia nocturna de la dama de noche, avanzando de puntillas, una levísima brisa brindó un suspiro de su aroma. La niñita se mantuvo quieta, esperando pacientemente. Mientras contaba cada respiración cuando subía y bajaba, como si cada aliento fuese su compañero, sus sentidos se aquietaron al tácito ritmo de la habitación. Sus ojos se posaron en la figura sentada junto a la ventana.

Teresa tenía cinco años. La entrada en la habitación de Madre[1] era uno de sus primeros y más definidos recuerdos. Fue en aquel momento, en ese acoplamiento de pasado y presente, cuando empezó todo. En el instante en el que Teresa entró en la habitación la totalidad de lo que recordaba previamente desapareció. Siempre pensaría en aquella mañana abrillantada por el sol como el primer día de su vida. Fue la primera vez que se encontró con Madre, y los primeros encuentros por mucho que lo deseemos nunca regresan. Son preciosos, como una caricia enjoyada.

---

[1] N.T.: En el original inglés «La Madre»

CAPÍTULO DOS

*~ No todos los que llegan se quedarán. No todos los
que permanecen han llegado ~*

Todas las chicas se despertaron a primera hora depués
del amanecer y se vistieron para desayunar en el salón
comedor comunitario. Pronto se irían las mayores para la
cosecha matutina en tanto que las más jóvenes se quedarían
y ayudarían a limpiar. Se esperaba que Teresa aprendiese
rápido las costumbres del orfanato. Había algunas cosas en
las que no tenía elección; como, por ejemplo, que hubiese
sido seleccionada para el nuevo programa de la Casa del
Azafrán para chicas. Sólo se aceptaban unas pocas niñas cada
año, aunque Teresa no podía sospechar según qué criterios.
Había llegado cansada, confusa y con pocas necesidades más
allá de un cobijo adecuado y algunos cuidados dignos.

Una asistente social había traído a Teresa en coche hasta la fachada de la gran casa, situada al final de un largo sendero de grava. Teresa se había sentado silenciosa en la parte trasera del coche mientras las colinas pasaban de largo como una vasta madeja de vivos colores. Se recordaba tratando de decidir si la campiña le parecía acogedora, rigurosa o indiferente. A ella siempre le había gustado adivinar la naturaleza de las cosas en silencio, dentro de sí misma. El día de su llegada había mirado el paisaje y se había preguntado si los árboles inclinados en los campos aprobaban su paso o lo consideraban una intrusión en su terreno. *Sólo estoy de paso, queridos campos*, había pronunciado silenciosamente como si cincelase el aire. Y les había preguntado: *¿Sabéis a dónde me llevan?*

El coche había entregado a la nueva niña con la cara apoyada contra el cristal de la ventanilla trasera y los ojos cerrados. Le habían pasado tantas cosas en tan pocos años que Teresa no había tenido tiempo de saber cuáles de ellas permanecerían en su vida. Su pequeña alma sentía como si hubiese renunciado a controlar cualquier dirección y su cuerpo fuese una semilla al viento. No disponía de palabras para articularlo, pero así era cómo se sentía por dentro el día de su llegada. Y era en su interior en donde Teresa prefería vivir, allí donde nadaban las mariposas y hurgaban las abejas.

A Teresa la casa le había parecido una mansión. No, más bien un monasterio; un lugar lleno de gente rezando y grandes salas henchidas de sigilo y piedra. Pese a la enormidad del edificio Teresa había sentido su naturaleza acogedora. Quizá, pensó, un portal invisible se había abierto sólo para que ella se acercase y entrase; todos los demás serían rechazados, no aceptados por los espíritus de las piedras. Mientras el coche se detenía y el motor se paraba, la mente de Teresa se había acelerado en círculos. Era otro lugar, otro peldaño para los diminutos pies de Teresa, quien brincó fuera tan pronto como la puerta del pasajero se hubo abierto. No había querido demorarlo ni un momento más.

Ahora aquel día se había ido, cercenado de su pasado. Y aún así, como muchos acontecimientos del orfanato, se había recopilado en el presente, junto con sus otras pertenencias mentales, sus recuerdos y sus sentimientos.

El día siguiente a su llegada le habían llevado a ver a Madre, la matriarca del orfanato. Había sido una mañana excepcionalmente cálida.

CAPÍTULO TRES

~ Nada en este mundo carece de sentido poético o lógico[2] ~

Teresa se acercó cuando la figura sentada la llamó con un gesto. Le habían dicho que fuese cortés y respetuosa, porque la cuidaban con la venia de Madre. Teresa, andando suavemente en zapatillas, sintió el suelo de piedra que presionaba de plano las plantas de sus pies; el pavimento estaba frío y desprendía un aroma de antigüedad y confianza. Teresa se detuvo al aproximarse al costado del sillón de madera. Observó el perfil de Madre mientras la señora mayor seguía mirando por la ventana a medio cerrar.

---

[2] En el original inglés «without its rhyme or reason» es un modismo, ya usado por Shakespeare en «Comedy of errors» y «As you like it», que actualmente se suele traducir como «sin ton ni son», «sin orden ni concierto» o «sin pies ni cabeza».

Un rayo de luz caía sobre su hombro y Teresa se imaginó el chal de una princesa. Al volver la cabeza Madre saludó a Teresa con una cálida sonrisa.

—Bienvenida, Teresa. Andabas con tanto cuidado que casi no pude oírte al entrar.

Teresa sintió que un pequeño rubor teñía sus mejillas. Y miró hacia abajo deseosa de no mostrarlo.

—Dame las manos, Teresa.

Ésta se adelantó y dejó que Madre las tomase. Mientras la anciana señora miraba sus manos detenidamente, volviéndolas y sintiendo la suavidad de sus palmas, Teresa examinaba el rostro de su nueva protectora. La señora no era tan vieja como Teresa había pensado. Su cara todavía conservaba algunos de sus rasgos juveniles, y su piel lucía suave, aún no hostigada por las arrugas u otras señales del paso del tiempo. En los rasgos de Madre había una quietud que armonizaba con la tranquilidad de la habitación y la fortaleza de su piedra. Teresa dio un largo suspiro y se relajó mientras sus manos le eran devueltas suavemente y caían reposando a sus costados.

—¿Sabes lo que hacemos aquí, Teresa?

Teresa sacudió la cabeza.

—Recogemos y acopiamos cosas, pero no para nosotras mismas. No somos guardadoras, recolectamos para repartir. ¿Entiendes lo que significa eso?

Teresa asintió con la cabeza. Madre sonrió y tendió la

mano para acariciar la mejilla de la niña.

—A diferencia de muchos otros en el mundo, lo que hacemos no es para nosotras; pero al hacerlo también nos beneficiamos. Así es cómo *nosotras* entendemos el mundo.

Teresa pronunció un «Sssí» muy suave, y las eses resbalaron por su lengua como una estela de plumas.

—Bien. Estaremos muy contentas de tenerte entre nosotras, Teresa.

Madre se acercó y plantó un dulce beso en su frente. Fue una caricia cariñosa a la que Teresa no estaba acostumbrada. Un cosquilleo de cálida energía recorrió su cuerpo y pareció derramarse desde lo alto de su cabeza. Fue el primer día que Teresa recordaba haberse sentido realmente viva. Y fue el primero de muchos otros.

CAPÍTULO CUATRO

*~ Un corazón generoso siempre procura restablecer
la armonía ~*

Teresa, junto con algunas otras niñas pequeñas, ayudó a recoger las mesas del desayuno. Entre ellas se cruzaban miradas y sonrisas aunque su camaradería era callada y no invasiva. A Teresa le parecía que los sonidos del edificio de piedra eran más importantes que los de las bocas parlanchinas. Entre quienes estaban dentro de sus paredes no surgían charlas inútiles, y Teresa se sentía agradecida por ello. En sus anteriores casas había querido esconderse de las otras niñas porque hablaban muy alto y actuaban con demasiado ímpetu; se había vuelto introvertida, y en su retraimiento se había hecho ostensible para las demás. Según parece, la Fundación Azafrán había expedido de improviso una petición para que compareciese, lo que había dado lugar a las actuaciones que finalmente la condujeron al orfanato de edificios de piedra recubiertos de parras trepadoras y jazmín, conocido como la Casa del Azafrán para chicas.

Hasta que las niñas se hacían mayores no se les permitía entrar en los campos, pero Teresa estaba desesperada por ir.

—¿Por qué no nos dejan ir?

La otra chiquilla le echó un vistazo y se encogió de hombros. Se llamaba Alicia y tenía siete años.

—Cuando seamos mayores podremos ir a recolectar.

—¿Recolectar? ¿Qué es lo que cosechamos?

—Las flores, por supuesto. Aquí todas recolectan flores.

Teresa sonrió. Aquello le parecía una buena idea.

—¿No podemos hacerlo antes?

Alicia volvió a encogerse de hombros y a continuación soltó una risita.

—¿Por qué no se lo preguntas a Madre?

—Puede que lo haga.

La idea entró en su mente y se colocó entre el resto de los pensamientos errantes de Teresa; sólo que éste quería darse más importancia y entonces se asentó más alto en su mente, muy cerca de la cima de su cráneo, donde ella no pudiese ignorarlo.

A las niñas les gustaba jugar, sobre todo afuera, ahora que los días estivales salpicaban la piedra del orfanato con retoques de calor. Había cuadrados, triángulos, y también otras formas más inusuales de manchas solares que jugueteaban con las sombras a lo largo de los recovecos exteriores y las esquinas de los edificios. Era como un tapiz de ardor y sombra, de luz y umbría, que de la mañana a la noche entretejía una interacción de contrastes. En el patio de recreo del orfanato las chicas se divertían e inventaban sus juegos: saltaban, palmoteaban, cantaban y bailaban como todas las niñas han hecho en algún momento de sus vidas. Eran los momentos gozosos y reservados en los cuales la vida es como una niña mayor que toma tu mano y te encauza en el juego. En tales ocasiones la vida oculta los velos de la aflicción, de las cicatrices y el sufrimiento. Esas manos orientadoras estaban decoradas con insólitos dibujos a tinta que mostraban animales, flores y todo un mundo de extrañas posibilidades. Teresa, como el resto de las niñas, prendió esas manos y permitió que fuesen sus guías a lo largo de los numerosos días de trabajo y juego.

Cada tarde las chicas tenían clase de gimnasia. Pero no eran las clases habituales de volteretas y carreras, sino más bien una serie de posturas y estiramientos. Anna, una chica mayor, de dieciséis años, era la profesora. Llevaba su largo cabello rubio recogido en una cola de caballo, y su cara era delgada y refinada. Teresa la miraba atentamente, con sus grandes ojos castaños tomando nota de cada detalle como si fueran las piezas de un puzle. Los modales de Anna eran apacibles y sus movimientos, pensaba Teresa, eran como si estuviese nadando en el aire. Teresa la admiraba porque Anna era diferente de las demás chicas con las que se había encontrado hasta entonces. Sólo más adelante, cuando Teresa hubo aprendido la palabra elegante, supo lo que quería decir para describirla. Y al poco tiempo aprendió el término armoniosa, que se convirtió en otra palabra para Anna. Teresa estaba entusiasmada con cada nuevo emparejamiento, con cómo podía hacer coincidir nuevas palabras con cada persona. Eso le permitía ver el mundo en acción; cuando a las cosas se les podían adjudicar palabras la vida se hacía más práctica. Era entonces cuando las cosas parecían encajar mejor.

—¿Por qué estamos retorciendo así el cuerpo, Anna?

Las demás chicas miraron a Teresa. Ninguna otra se había atrevido hasta entonces a hacer preguntas tan directas. Anna se dirigió a donde Teresa estaba sentada, colocó ambas manos sobre su espalda y la empujó suavemente para hacer descender más el cuerpo hacia el suelo.

—Así está mejor —dijo Anna mientras volvía hacia el frente de la clase—. Hacemos estas *torsiones* porque es bueno para nuestros cuerpos, y nuestras mentes. Lo llamamos una especie de yoga.

Algunas de las más pequeñas se rieron.

—Yogui, yoda, yogurt... —susurraban, riendo nerviosamente. Teresa también se rió pero no dijo nada.

Anna entrelazó las manos y las apretó contra sus labios sonrientes.

—Sí, es un nombre poco habitual. Pero se llame como se llame: yoga o yogurt —y aquí algunas chicas volvieron a reírse—, os ayudará a equilibraros.

Anna hablaba con una voz suave y sosegada. Teresa delineó en el aire las palabras de Anna mientras salían de su boca haciendo espirales y acrobacias, como letras de yoga.

Teresa intentó doblar su cuerpo con más intensidad con las nuevas posturas. Su mente alentaba su cuerpo como si fuesen amigos reuniéndose.

Teresa también se dio cuenta de que Anna la estaba observando.

CAPÍTULO CINCO

~ La ignorancia no se remedia empleando los métodos
más fáciles ~

Los martes y los jueves por la tarde Madre acudía al patio de recreo para hablar a las niñas. Para muchas de ellas era el momento culminante de su semana. Todas querían y respetaban a Madre y deseaban que pasase más tiempo con ellas. Pero Madre tenía muchas tareas que realizar, y gran parte de su tiempo lo pasaba también con las chicas mayores; de manera que aquellos martes y jueves eran momentos preciosos para las más pequeñas, y para Teresa también.

Los martes al atardecer el recreo estaba a la sombra: una cálida umbría que resguardaba la piel de las ardientes caricias del sol. Todas las chicas se llevaban sus esterillas de los ejercicios de gimnasia y las colocaban en el suelo frente al sillón. Se sentaban, y arrastraban y removían sus pequeños cuerpos; sólo cuando aparecía Madre suspendían su agitación y se disponían a prestar atención. Madre iba vestida con un traje largo y suelto de lino blanco que Teresa pensaba cubría por entero su cuerpo como si fuese una sábana. El pelo oscuro de la anciana señora se deslizaba a ambos lados de la cara y se curvaba por detrás de las orejas antes de caer suavemente sobre sus hombros. Madre se arrellanó lentamente en el sillón y colocó las manos en su regazo. Cada uno de sus movimientos era preciso y delicado. Teresa se dijo mentalmente en silencio que Madre no presentaba irregularidades en su silueta. Además, su piel era más oscura de lo que había pensado inicialmente. Quizá Madre había estado en los campos, bajo el sol, recolectando sus propias flores. Era un rostro oscurecido por el caluroso toque del sol, y bruñido por el roce de las flores. Teresa imaginó que Madre se inclinaba sobre una flor rosa brillante, poniendo su nariz entre los sonrosados pétalos e inhalando el color en su propia piel. Sólo más tarde, cuando Teresa supo más palabras, volvió a pensar en esta imagen y la rebautizó como transfusión floral. Tal vez hubiese aspectos de la naturaleza, pensó, que se podían transfundir a los cuerpos humanos como un tipo de alimento.

Madre contempló el grupo de niñas y una amplia sonrisa se extendió por su cara.

—La educación es una de las razones por las que estamos aquí —. Cuando hablaba lo hacía con una voz firme que podía haber sido una mezcla de madera de caoba y piedra antigua—. Si no nos educamos a nosotros mismos no se nos puede educar para el mundo. Todos llegamos aquí pequeños, dependientes e incompletos. Debemos ganarnos nuestra independencia y trabajar para realizarnos. ¿Tiene esto algún sentido para vosotras?

Todas las niñas asintieron con la cabeza, fue como si una brisa hubiese atravesado sus cabellos y dibujado un mar de colores castaños y amarillos. Madre sonrió levemente y juntó sus manos apretándolas.

—Todas sois jóvenes y hay mucho que aprender. La buena noticia es que el aprendizaje no termina nunca: es como un río que discurre sin cesar. Yo misma todavía aprendo, aún nado en ese río que fluye. Nos llevará a través de nuestra vida entera, acompañándonos a lo largo de todos nuestros años. Pero aquí queremos ofreceros un tipo diferente de educación. Aprender no consiste en exámenes entre cuatro paredes.

Madre hizo una pausa y escudriñó los jóvenes semblantes entusiasmados. A continuación su mirada recayó suavemente sobre Teresa, y durante un breve instante hubo una línea de conexión. Y luego Madre se distanció y siguió adelante, y Teresa no pudo estar segura de si se había imaginado la pausa momentánea o si fue un parpadeo temporal, como cuando una película temblequea fugazmente.

—Aquí, para nosotros, la educación no es un certificado o un diploma. No es un pedazo de papel inmutable que se guarda y se llena de polvo. La educación es continua y permanente, y debe estar viva, como el fruto que cuelga del árbol, o las flores que se inclinan con la brisa. Y como todo lo vivo, contiene en su interior el anhelo de entender más, de crecer en atención plena, gratitud y reconocimiento. La educación es un mundo que se abre por dentro y nos inspira a avanzar con gran energía, confianza y una inconmensurable sensación de asombro. Todo es fascinante ¿no es cierto?

Un *sssí* se propagó por el grupo, acompañado de la calidez de la sombra que hizo que Teresa se sintiese como abrazada, acariciada, por una gigantesca mano amorosa. Tal vez en el mundo había más de lo que le habían contado. Quizá había habido alguna razón para su silencio, su retiro, durante los años previos. Tal vez no estuviera sola.

Alicia, que estaba junto a Teresa, le dio un empujoncito y cuando ésta se giró vio una pícara sonrisa en la cara de su amiga.

—¿Por qué estás tan seria? —susurró Alicia.

Teresa le devolvió la sonrisa, mostrándole que la había sacudido de su breve ensoñación.

La Madre levantó la mano y recogió los hilos del silencio.

—Y también hay una razón por la que todas hacemos gimnasia. Sé que a algunas de vosotras todos esos estiramientos os pueden parecer un poco raros. Lo que hacemos aquí no se suele hacer en otros sitios. En este lugar, el cuerpo importa al igual que la mente. La educación también implica al cuerpo, preparándolo para un tipo diferente de medio ambiente, donde distintos impactos y energías están activos. También debemos disciplinar nuestro cuerpo, y escucharlo. Cuando prestamos atención a nuestros cuerpos también escuchamos a nuestra mente extendida. La mente no sólo está en la cabeza —y la madre llevó su mano derecha a la frente—, sino por todo el cuerpo. Él nos escucha ¿lo sabíais?

Luego, por la tarde, después de la cena todas las niñas estaban echadas en sus camas en silencio. Al anochecer siempre había velas perfumadas encendidas, en pequeños cuencos de cerámica, que arrojaban sombras enmarañadas sobre los muros. Como almas de animales, las formas de las sombras danzaban a lo largo de la piedra pintada como si representasen sus historias. Algunas chicas estaban despiertas, tumbadas con los ojos muy abiertos, contemplando cómo las formas parpadeaban y cambiaban. Por encima de las camas flotaban susurros como flores aventadas en los pastos. A Teresa, que aquella noche estaba hundida en su cama como si fuese su crisálida, le pareció acogedor. Había sentido esa comodidad desde la primera noche que había dormido en el orfanato. La había envuelto cálidamente como si estuviese cubierta por un lecho de tierra.

—Psss...

Teresa volvió la cabeza hacia un lado, con la sábana subida casi hasta las orejas.

—¿Me oyes, Teresa? —Era su vecina de cama, una chica de la misma edad que se llamaba Tibby.

—¿Sí?

—¿Estás escuchando a tu cuerpo? —Tibby se rió y empujo la cabeza contra la almohada.

Teresa se rió en respuesta.

—¡Lo estoy intentando!

—¿Qué te dice?

—Que quiere menos gimnasia...

Ambas se rieron quedamente y añadieron tonos apagados a la cháchara de escasa vibración del dormitorio.

—¿Eh, Tibby?

—¿Sí?

—Estoy contenta de que aquí no haya exámenes. No me

gusta ese tipo de aprendizaje   —dijo Teresa suavemente.

—A mí tampoco…

Después, tras una pequeña pausa, Teresa dijo:

—Nuestras mentes deben ser realmente enormes…

—¿Por qué? —preguntó Tibby soñolientamente.

—Bueno, si la mente está por todo el cuerpo, como dice Madre, entonces la tenemos por todas partes, ¿no es cierto?

—Mmm —respondió Tibby adormilada—, eso supongo.

—Y entonces está en nuestro corazón, y en nuestros dedos de las manos y los pies también. Verdaderamente debemos ser mucho más grandes de lo que pensamos… o tal vez pensar sea más grande que nosotras…

Tibby bostezó y se dio la vuelta, empujando aún más su cabeza contra la almohada.

Y el alma de un gato salió embalada desde la llama de la vela y atrapó la pata de un ave fugaz. Teresa empujó la cabeza hacia abajo y contempló el jugueteo, hasta que empezaron a pesarle los ojos. Al poco el sueño llegó de visita, y arropó el alma de Teresa antes de saltar dentro para escuchar a su cuerpo, y a toda su mente.

CAPÍTULO SEIS

~ La auto-disciplina suprema es lo mismo que la entrega
sincera ~

Después del desayuno Teresa y las demás chicas de su edad ayudaban a retirar los platos y a llevarlos a las cocinas para que se lavaran. Las mujeres mayores que dirigían el orfanato, a quienes se las conocía como las Señoras,[3] hablaban poco pero se movían como si cada una supiera lo que estaba haciendo. A Teresa le fascinaba contemplarlas. De vez en cuando daban una instrucción a las chicas más pequeñas, una tarea que realizar; hablaban discretamente y a la vez con firmeza, y casi siempre con una sonrisa. Ninguna de las chicas desobedecía o discutía, y menos aún las mayores que ya estaban en la adolescencia.

---

[3] En el original «Madams»

Las cosas simplemente parecían hacerse. Y aunque Teresa sabía que ciertas cosas debían hacerse, sentía el deseo de comprobarlo, de saber *por qué*.

Una de las Señoras de más edad, conocida como Pym, era la jefa de las cocinas. Su pelo encanecido estaba perfectamente recogido por detrás de las orejas y su pequeña y redondeada cara, con sus escasas arrugas curvadas, parecía relucir como una esfera. Había hecho señas a Teresa para que se le acercara.

—¿Sí, señora Pym?'

—Por favor Teresa, busque a la señora Celia, y dígale de mi parte que me gustaría que me diese los documentos de existencias.

Teresa hizo una pausa. Su mente recorrió rápidamente la información. Sabía quién era la señora Celia; era la mujer pelirroja encargada de todas las compras del orfanato. Era conocida por ser muy eficiente y por su extremada agudeza visual. A las chicas les gustaba porque de vez en cuando decía cosas graciosas, y hacía chistes sobre el lugar. ¿Pero, por qué? Por qué se le pedía hacer ese recado… era una simple pregunta que Teresa tenía en la punta de la lengua.

La señora Pym notó la ligera vacilación en la conducta de Teresa.

—Teresa, ¿entendiste lo que dije?

Teresa asintió.

—Sí, señora Pym, lo entendí. Pero ¿por qué?

—Por qué, ¿qué? —la señora Pym levantó una ceja inquisitiva.

—¿Por qué tengo que hacerlo?

—¿De modo que no lo harás?

—Si me dice por qué, lo haré.

El tono de Teresa se le había escapado de la boca más desafiante de lo que hubiera deseado. No quería ser insolente, sólo saber por qué. Era sencillamente una simple pregunta.

La señora Pym miró directamente a Teresa a los ojos y dijo una palabra con voz baja y firme:

—Disciplina.

El encuentro sucedió repentinamente, como si hubiese brotado espontáneamente del suelo, como esas imágenes que surgen al abrir algunos libros de cuentos infantiles. Es como si se te apareciesen y tú sólo desearas mirarlas ignorando el texto. Así es, de alguna manera, como se sintió Teresa cuando se tropezó con Madre en uno de los corredores por los que se entraba desde el patio exterior. Los ojos de Teresa no habían tenido tiempo de acostumbrarse totalmente a la sombría luz del interior. Casi se dio de bruces contra la figura vestida de blanco, que para los ojos de Teresa aún era una borrosidad grisácea.

—Perdón Señora, no quería... ¡oh Madre! —Teresa sintió que se ruborizaba e intentó ocultar su rostro—. Lo siento, no la vi —dijo con una voz apocada de vergüenza y bochorno.

—Eres Teresa, ¿no? —La voz de Madre era sosegada, y sonaba como si hubiese podido provenir de las sombras, o del propio silencio. Eran palabras carentes de ruido.

Teresa asintió.

—Sí, Madre.

—¿Y sabes *por qué* te llamas Teresa?

Hubo una breve pausa.

—Porque mis padres me pusieron ese nombre.

—Mi nombre es Teresa porque mis padres me pusieron ese nombre —repitió Madre.

Teresa se sonrojó.

—Sí, ese es mi nombre porque mis padres me lo pusieron.

—No, esa no es la razón.

Una oleada de confusión pareció recorrer la cara de Teresa.

—Puede que te lo pusieran tus padres, o tus tutores, pero ése no es el *porqué* del nombre que tienes. Tu nombre es Teresa por una razón muy especial. Así es, pero puede que tú no lo sepas. Hasta el momento en el que seas capaz de comprender los *porqués* y los *cómos* de este mundo antes tienes que entender la obediencia. A menos que puedas hacer una cosa no serás capaz de entender el *porqué* de ella. ¿Mis palabras tienen sentido para ti?

Teresa admitió que entendía. Madre sonrió e inclinó la cabeza para acercarse más a Teresa.

—¿Y quizá una chica curiosa como tú también quiera saber *por qué* no puede salir por las mañanas a recolectar flores cómo las chicas mayores?

Esta vez Teresa enrojeció realmente. Sintió un calor nuevo en los corredores en sombra, como si las paredes de piedra hubiesen comenzado a irradiar el ardor del sol de afuera. Pero el calor no procedía del exterior, lo hacía desde un lugar en las profundidades del propio cuerpecito de Teresa.

Madre posó suavemente su mano sobre el hombro de la niña.

—Por ahora, mi pequeña Teresa, voy a pedir a algunas de las otras chicas que recolecten flores para ti, de manera que puedas aprender algo nuevo. ¡Un nuevo juego!

Madre dejó escapar una pequeña y leve risa que se entremezcló con el pelo de Teresa y le hizo cosquillas. Y a continuación se marchó.

CAPÍTULO SIETE

~ La ausencia de ruido es un silencio negativo, un
silencio positivo es diferente ~

Varias nubes blancas se abrazaban entrelazadas en el cielo, amortiguando los sonidos de las bandadas de pájaros. Teresa y Tibby se ceñían a los muros de piedra del orfanato mientras avanzaban sigilosamente alrededor del edificio tratando de mantenerse a la sombra. Era poco después del desayuno, tras haber terminado sus tareas de recogida, y ahora las chiquillas estaban explorando. El orfanato todavía era un lugar enorme para ellas, con rincones y recovecos de piedra que se abstenían de revelar sus historias. La piedra habla poco, prefiere un silencio que absorbe y conserva en lugar de irse desvaneciendo. En la parte de atrás del orfanato había un gran pozo que perforaba profundamente la tierra y el agua del fondo. Las dos chicas estaban mirando por encima del borde del muro circular de piedra, agarrándose a un lado e izando sus cuerpos. Una bocanada de aire malsano, húmedo y frío penetró en sus fosas nasales y envolvió sus rostros. Una oscuridad desconocida les llegó desde abajo y Teresa sintió casi como si les atrajese siniestramente.

Tibby se estremeció.

—Ajj, esto no me gusta. Es tan hondo. Ahí podría haber cualquier cosa.

—¿Otras cosas además de agua?

—Sí, ¡montones!

—¿Qué hay ahí abajo además de agua? —Teresa arrugó la nariz como si intentase desentrañar el olor en el agua de ese algo desconocido.

—Ni lo sé ni quiero saberlo. Quizá sea una especie de pez-serpiente enorme, de esa clase que te devora.

Teresa reflexionó durante unos segundos.

—¿Estás asustada?

—No, sólo estoy… —Tibby enmudeció en un silencio negativo.

—No hay por qué asustarse, aquí estamos protegidas.

—Ni siquiera tendríamos que estar aquí atrás: no nos corresponde. Sólo es para las chicas mayores.

—Algún día lo seremos —replicó Teresa quedamente, como absorta en un soplo de sus propios pensamientos—. Y los enormes peces-serpiente no me preocupan.

—Entonces ¿qué te inquieta?

Teresa se bajó del muro del pozo, se alisó el vestido y se encogió de hombros.

—No saber.

—¿Qué?

—Eso es lo que me molesta: no saber.

Tibby descendió junto a Teresa y la miró frunciendo la cara.

Teresa con una mirada pícara le devolvió una sonrisa, antes de gritar:

—¡Ven!

Teresa corrió por el patio con Tibby siguiéndola. Las dos chicas se precipitaron por el camino lateral que hendía entre una diversidad de flores plantadas a cada lado. Llegaron a una cerca rectangular de madera situada entre dos grandes pilares de piedra. Teresa fue la primera en alcanzar las tablas de madera de la empalizada y trepar por ellas. Descansando los codos sobre el peldaño superior miró a lo lejos. Una cálida mano de luz solar acunó su espalda como si la apoyase.

—¿Qué ves? —Desde la base de la cerca Tibby miró hacia arriba tamborileando la madera con sus deditos.

—Campos, montones de campos. ¡Y también muchísimas flores!

—¿Cuántas? ¿De qué colores?

—Más flores que nunca, ¡y son de todos los colores! Están esparcidas por todas partes como gominolas. Yo quiero ir ahí fuera...

—Pero no puedes, ¡lo sabes!

—¡No lo sé! —Pero Teresa frunció el ceño porque sí lo sabía.

Durante el resto de la mañana las dos niñas exploraron el perímetro del orfanato, como si se hubiesen embarcado en su primer viaje de descubrimiento. Cuando llegó la hora de la gimnasia vespertina tenían las piernas cansadas y la maestra se dio cuenta.

Ya estaba avanzada la tarde del jueves y las chicas estaban sentadas en el patio de recreo esperando que apareciese Madre. Una leve brisa había traído consigo un suave aroma que descendió sobre las chicas sentadas y al pasar las acarició una a una. Teresa se sentía un poco cansada, más de lo acostumbrado. Echó una ojeada a un lado y vio a Tibby bostezar, lo que le hizo sentirse un poco mejor sabiendo que no era la única.

Pronto la vaporosa figura blanca de Madre entró en el recreo y se sentó en el sillón. Teresa observó las patas de mimbre; cómo las tiras de mimbrera se iban enrollando y trazando una espiral que ascendía hasta… Teresa captó el ojo de Madre. No había sido su intención, fue una casualidad, ella estaba mirando las patas del sillón. Pero era demasiado tarde porque en un fogonazo repentino le vino a la mente su imagen y la de Tibby inclinándose sobre el pozo de piedra. E igualmente la visión de los campos y las flores que habían avistado desde encima de la valla. Teresa intentó erradicar rápidamente aquellas imágenes culposas, pero saltaron sobre su mente y no pudo atraparlas. Eran imágenes que se escabullían como salamandras salaces. Teresa volvió en sí y vio que Madre ya estaba hablando sobre algún tema. Después de todo, tal vez no hubiesen conectado. Sólo era otro episodio de la imaginación hiperactiva de Teresa, y Madre ni siquiera estaba mirando en aquella dirección: su cabeza estaba vuelta hacia el frente y no hacia el lado donde Teresa estaba sentada.

Las palabras volvieron a infiltrarse en la mente de Teresa y alentaron su adormecimiento.

—Todo tiene que ver con vosotras, queridas. Empieza y termina en vosotras, y es algo que debéis aprender, que debéis probar por vosotras mismas. Los lugares de los que todas procedéis son diferentes; no ven el mundo como nosotras lo hacemos aquí, en la Casa del Azafrán para chicas.

Era la primera vez que Teresa había escuchado a Madre referirse al lugar por su nombre oficial. Saliendo de su boca sonaba un tanto diferente, con la cadencia extraña pero delicada de su acento. Casi sonaba, pensó Teresa, como lo haría la plata si fuese una lengua y no algo metálico. Entonces algo pareció restallar dentro de su oído como si alguien hubiese chasqueado los dedos junto a ella, y de repente, cuando llegaron las siguientes palabras de Madre, se puso en alerta.

—En todo aquello que hacemos debemos dar nuestro consentimiento. No podemos ir en contra de nuestro ser; la disciplina y la obediencia lo fortalecen, no son pruebas u órdenes: son los fundamentos tempranos a partir de los cuales aprendemos algo mucho más fuerte, más resistente, algo que permanece con nosotros para siempre. Pero primero debemos darnos permiso a nosotros mismos. Si no empezamos por conseguir pequeñas cosas ¿cómo podremos movernos para lograr objetivos mayores? Primero trabajamos con lo pequeño; y vosotras también debéis hacerlo porque sois pequeñas —Madre les sonrió con calidez y entrelazó las manos. Sus ojos parecían brillar de consuno con la luz del sol poniente.

Madre hizo una pausa y, antes de continuar, contempló la colección de caras jóvenes y atentas.

—Como os decía, todo lo que se realiza debe hacerse con vuestro consentimiento. Y debe provenir desde dentro de vosotras: es vuestra voz sagrada. Pero recordad, lo sagrado no está sólo en la voz tranquila y suave que canta en vuestro interior. También está en todas las voces y todos los silencios y todos los espacios intermedios. Buscadla, y buscadla bien.

Los ojos de Teresa se agrandaron en reconocimiento y su[4] corazón latió momentáneamente con rapidez.

Durante el resto de aquella tarde Teresa fue incapaz de sacarse de la cabeza las dos últimas palabras que había dicho Madre: *buscadla bien*. Era como si las palabras juguetearan con ella, cincelando las letras dentro de su pequeño cráneo. ¿Era eso lo que Madre quería decir cuando declaró que deberíamos escuchar nuestra voz interior? Teresa no estaba segura, y luchaba contra una sensación de lo inevitable. Había algo que no podía eludir hacer.

Más avanzada la tarde, después de cenar en la gran sala, Teresa se escapó del edificio principal camino de los baños. Silenciosamente avanzó con sigilo a lo largo de las paredes del gran edificio hacia donde ella sabía que encontraría el pozo de piedra: *buscadla bien* repetía en su cabeza la extraña voz. El sol se había sumergido en el horizonte y en el cielo aún permanecía un suave y difuso resplandor de luz anaranjada. Teresa subió fácilmente por el muro circular de piedra del pozo y de nuevo se encaramó para echar una ojeada. No

---

[4]   N.T.: En el original "search well". Juego de palabras intraducible: bien y pozo se escriben de la misma forma en inglés, «well».

sabía qué esperar… ¿un olor a agua corrompida? ¿Una voz desde lo más profundo? ¿El salto repentino de un enorme pez-serpiente con una boca de dientes diminutos y puntiagudos?

No, no había nada de eso. Lo que pudo ver fue una malla de alambre que habían colocado sobre la boca del pozo. Quizá a través de aquella malla de cuadrículas tan pequeñas sólo pudiesen caer ranas minúsculas; desde luego niñas no. Teresa se sobresaltó cuando dos manos cayeron sobre sus hombros y la separaron del muro. Teresa no había oído nada, sólo los jadeos de su propia respiración acelerada. Pero sabía quién era, reconoció el suave aroma.

Las manos de Madre subieron desde los hombros de Teresa hasta su larga melena castaña. A continuación, las manos reunieron todo el cabello y Teresa pudo sentir que una de ellas se alargaba buscando algo; y volvió, y su pelo quedó recogido en una cola de caballo. Finalmente, mediante un ligero toque de indicación de las manos, Teresa se giró para encarar a Madre. Esperaba una cara de enojo, o al menos de desengaño. Pero en lugar de eso se encontró con un semblante sereno de curiosidad y, pensó Teresa, tal vez incluso de un leve regocijo.

—Las niñas no deberían caerse a los pozos. Son demasiado oscuros y profundos. Y los campos de flores también están muy alejados. Empieza primero con las pequeñas cosas, Teresa. Recuerda, todavía tienes tiempo.

Ahora vete a dormir.

Teresa no dijo nada. Su lengua se había anudado en uno de esos episodios de silencio adormecido.

Antes de irse a la cama Teresa se desató el pelo. Miró lo que tenía en las manos: un pañuelo de blonda blanca. Se lo llevó a la nariz para oler las flores del campo, y su mente flotó sobre el verdor y un caleidoscopio de colores perfumados. Colocó el pañuelo en el cajón cerca de la cama para la mañana. Teresa se deslizó bajo las sábanas y con un enlentecido latir del corazón logró encontrar una vez más la dulce mano del sueño.

CAPÍTULO OCHO

~ Las flores son la expresión espontánea de lo sagrado ~

Tibby fue la primera en advertir el pañuelo de blonda blanca. Había visto que al día siguiente Teresa tenía un aspecto diferente: con el pelo echado hacia atrás y el rostro despejado parecía mayor. O puede que ahora sus ojos destacasen más y te encontrases con ellos de entrada, antes de desplazarte por el resto de sus facciones. Y había algo más, otra pequeña cosa para la que Tibby no podía encontrar palabras. Pero cuando observó a su joven amiga moverse y adoptar una postura corporal, vio que estaba ahí. Y tal vez Teresa también se diese cuenta, pero nunca dijo nada.

Haciendo honor a su palabra, Madre creó una nueva

diversión para las más pequeñas: un juego de cartas florales, en las cuales aparecían dibujadas –con sus nombres y atributos escritos debajo– muchas variedades de flores diferentes. Se hicieron dos copias de cada flor. Las niñas se sentaban en círculo y cada una colocaba una carta en el medio; luego, con el fin de ir coleccionando parejas de la misma flor o una familia de flores del mismo color, iban tomando por turno una carta, bien del centro o bien del mazo, y colocaban otra en el centro. De esa manera las niñas se iban familiarizando con todas las variedades de flores, de los campos y de otros lugares. Y el «comodín» era la flor que no existía en la naturaleza: pero antes tenían que encontrarla. Abigail, una niña de siete años, fue quien la descubrió primero…

—¡Es la rosa azul! —gritó triunfante, y arrebató la carta contra su pecho. Su cabello largo, liso y rubio se mecía como espigas de trigo mientras escapaba con la carta para confirmar su hallazgo.

Y era cierto: en la naturaleza la rosa no podía producir un verdadero pigmento azul. Así que la jugadora que tuviese la carta con la rosa azul podía escoger que fuese cualquier otra flor que ella desease; la más importante de todas era la del azafrán (*crocus sativus*). En el mazo había tres de esas cartas y quienquiera que pudiese reunirlas ganaría el juego de inmediato. Y ninguna de las cartas con las rosas azules podía sustituirlas.

Las chicas jugaban a diario con las cartas florales después de sus estudios matinales, mientras sus mentes se abrían a las energías ilusionadas que había entre ellas. Teresa, Tibby, Alicia y Abigail enseguida se hicieron amigas; aunque Tibby y Teresa, que eran de la misma edad, se sentían más cercanas.

Cada martes y cada jueves por la tarde, después de la clase de gimnasia, Madre seguía viniendo al patio de recreo para hablar a las chicas. Era armonizar actividades que afectaban a sus cuerpos y mentes juveniles cincelando nuevas vías. La energía y la curiosidad inquietas se canalizaban hacia maneras más aceptables de asimilación. El mundo se desplegaba de modos más sutiles, mediante formas que las mentes jóvenes pudiesen comprender y procesar, sin la arrogancia y la crudeza con las que habitualmente llegan a través de las instituciones que gobiernan los tempranos años de la vida humana.

Cuando, como de costumbre, llegó la tarde del jueves siguiente las chicas esperaban expectantes que la silueta de Madre surgiera por la puerta de madera que daba del edificio al patio de recreo. Cuando Madre recorría lentamente el grupo con la mirada lo que algunas deseaban era ver su sonrisa. Cada niña sentía como si el vistazo fuese únicamente para ella: un momento personal de conexión. Sus ojos entusiastas buscaban impacientes reconocimiento: el hilo visual de identificación y la sonrisa. Pero no así Teresa, quien a menudo giraba ligeramente la cabeza hacia un lado para evitar la obligación de lo que ella sentía como una forma tosca de contacto. Para Teresa, Madre siempre estaba presente como una partícula de lo invisible dentro de la luz. El mundo de lo tangible es necesario para quienes obtienen de él su recompensa.

Madre se sentaba cuidadosamente y alisaba los pliegues de su vestido blanco como una apacible brisa sobre el mar. El tema del día era el esfuerzo individual. El aire prendía las palabras de Madre y se las entregaba a cada niña como un regalo personal. Teresa escuchaba mientras las palabras se posaban en el borde externo de sus oídos y se metían dentro.

—El esfuerzo que hacéis individualmente no permanecerá sólo a un nivel personal: ¡se esparcirá, se extenderá! —y Madre abrió ampliamente los brazos como para atrapar la luz del sol—. Se propagará y ayudará a todos aquellos que estén a vuestro alrededor. No subestiméis nunca el potencial interior de cada persona: dentro de cada una de vosotras. La autodisciplina os es indispensable a nivel individual, os permite liberaros de la obediencia que otros tratan de imponeros en la vida. Entonces podemos compartir esa libertad con quienes nos rodean, que también la necesitan. Y la autodisciplina suprema es lo mismo que la entrega sincera; igual que las flores se consagran a la Naturaleza: se doblan con el viento y se ofrecen a los insectos.

La Madre buscó en su blusa de pliegues y sacó la más hermosa de las flores. Los ojos de Teresa brillaban al mirar la preciosa flor morada con flecos de color amarillo y rojo en su interior; y la reconoció de inmediato por el juego de cartas florales. Era la *crocus sativus*: la flor del azafrán. Madre sonrió al sentir la onda de reconocimiento que recorría el conjunto de atentos rostros juveniles.

—Cada cosa tiene su propia naturaleza; al igual que la flor, cada una se puede revelar por lo que realmente es. Las flores son la expresión espontánea de lo sagrado. Las flores, como ésta del azafrán, responden a nuestra imaginación creativa: se impregnan de nuestros pensamientos fantásticos. Y con todo, las flores del azafrán nos muestran su encanto, su plegaria sin palabras: hay un lenguaje especial en el silencio.

Un silencio se deslizó por la boca de cada chica trayendo a la reunión una comunión compartida sin palabras. Y aún así, dentro de cada niña otro brote había comenzado a desplegarse, despertar y crecer.

CAPÍTULO NUEVE

*~ Dentro de nosotros, en nuestros cuerpos y nuestras
memorias, llevamos el inconsciente profundo, al igual
que la tierra lleva sus minerales y sus piedras ~*

La tierra es fresca y acogedora. Fluye por el cuerpo de Teresa como lo haría un atuendo nuevo al descubrir por primera vez a su dueña. Pero pesa más que un vestido, es más densa que el algodón y sus filamentos están vivos. Teresa apenas mueve los dedos y la tierra se desplaza y rellena el hueco entre ellos. No hay huida del suelo. Comprime su joven pecho, lo suficiente como para hacer sentir su presencia pero no para causar malestar. Ella sabe que debe considerar el suelo, el terreno, como un amigo… su guardián; no puede luchar contra él. Espolvorean las últimas pizcas de tierra sobre su rostro y a continuación la dejan completamente sola en la oscuridad.

La tierra respira al ritmo de su propia respiración, señalando su compañía. No hay nada que las separe. La piel de su cuerpo se baña en la tierra fresca. Los ojos cerrados… sintiendo… percibiendo… recordando…

…fue aquella noche en la que Teresa no podía dormir: se había deslizado sigilosamente fuera del dormitorio y había salido a la noche estrellada de verano. Tumbada sobre el césped había mirado hacia arriba a los bellos senderos brumosos de las nebulosas que tapizaban el curvado firmamento. Recordaba haber pensado que era como un telón que recubría todo su mundo y que bastaría con que diese un paso imperceptible a un lado para que todo se desvaneciese. El universo, pensó, estaba incluido en ese pedazo, un trozo tan delgado que solo contenía su mundo. Había estado contemplando durante mucho tiempo el cielo claveteado de estrellas, queriendo mentalmente que se transformase en otro cielo, en otro mundo, en algo diferente…

…pero no había sido suficientemente fuerte; y permaneció adherida, atrapada en esa porción de vida gelatinosa… como un insecto conservado en una piedra preciosa…

El blando suelo estaba empezando a sentir su presencia y a enviarle a través del cuerpo algunos retoques de calidez, en correspondencia y por la proximidad táctil entre la tierra y la piel desnudas, estimulando el flujo de sus recuerdos. El tiempo se movía a la inversa, circulando por los capilares de sus sensaciones y secretos almacenados, y ahondando en la más minúscula cavidad interior, donde Teresa pensaba que nadie, ni siquiera ella, podía ir.

Con todo, cada vez había menos de *ella misma*… había algo que lo era todo: la sangre, los tejidos, las células, el hueso, el músculo… todos los diminutos chispazos eléctricos que centelleaban simultáneamente a través del cuerpo como balizas luminosas, como hornacinas de luces…

…había tantísimo que recordar, que aceptar, y que abandonar…

Teresa estaba sentada en un banco en el pasillo afuera de la clase del final de la mañana. Había estado inquieta y eso la había desasosegado. No podía estudiar ni dejar de molestar a las amigas de alrededor. La habían echado fuera de manera que la única persona a quien ahora podía importunar era a ella misma. El corredor era de ladrillo pintado y techo alto, y en éste había pequeños arcos semicirculares intercalados que parecían ondulaciones vertebrales a lo largo de un espinazo. Parte del estucado del techo se estaba desprendiendo, dando la impresión de una piel seca descamándose del cuerpo. El edificio era viejo, y a Teresa le parecía que la observaba.

Cerró los ojos e inhaló profundamente, permitiendo que el tiempo entrara sigilosamente con los tamizados fragmentos de aire. Si Teresa se hubiese imaginado dónde estaría cuando fuera un poco mayor, no habría sido aquí. Arrastró los pies por el suelo de piedra al tiempo que tamborileaba el banco con los dedos. Una chica mayor pasó junto a ella y no dijo nada.

«Está bien» pensó Teresa, «en cualquier caso tú no entiendes mi mundo».

Un par de hormigas forcejeaban por algo que había entre ellas. En su fiera batalla Teresa veía desplegarse un mundo en miniatura. Y aún así sabía que para ambas hormigas era una lucha a tamaño natural.

De improviso surgió una voz.

—Para ellas no existes.

Teresa miró hacia arriba a la cara de Madre y durante una fracción de segundo pensó que estaba mirándose a sí misma.

—Sí —la propia voz de Teresa salió como un suave murmullo, casi como un siseo.

—Estás demasiado lejos de ellas como para que te perciban. Tú no comprendes su mundo ni ellas el tuyo; y sin embargo, como puedes ver, ambos están cercanísimos. Solo un palmo te separa de ellas. Y aún así, en lo que a percepción se refiere, para ellas eres invisible.

Teresa miró de nuevo a las hormigas luchadoras y sonrió al pensarlo.

—Sí, pensé que eso podría gustarte: ser invisible.

Madre le hizo señas para que la siguiera mientras se alejaba por el corredor. Salieron juntas a un pequeño patio en el que una fuente de piedra burbujeaba y salpicaba. Se sentaron en un asiento sombreado donde a Teresa no le llegaban las piernas al suelo.

Teresa se acordaba de estar mirándose los pies colgando mientras Madre le hablaba de la paciencia. Estaba pensando que si pudiese recordar la imagen de sus pies balanceándose siempre se acordaría de lo que le decía Madre. Tenía su propio juego mental en el que emparejaba imágenes con palabras. Y funcionaba.

Teresa dejó que la paciencia impregnase su cuerpo mientras representaba mentalmente la imagen de sus jóvenes pies colgando. Entonces su cuerpo se relajó un poco y su mente descansó ligeramente, alejándose de los pensamientos inquietos que habían estado reptando por ella como gusanos. La tierra que la rodeaba se estaba calentando convirtiéndose en una especie de manta o, como pensó Teresa, en algo parecido a un abrigo por la noche. Su respiración se tranquilizó y pareció acunar su mente como si quisiese sacar a la luz más recuerdos.

…para cuando Teresa tuvo once años ya conocía el edificio del gran orfanato casi como la palma de la mano; excepción hecha de los dormitorios donde las chicas mayores reposaban y las habitaciones en las que cultivaban las flores de azafrán. Ella observaba cómo las chicas traían las flores en sus cestas y las metían dentro de la casa. Durante el periodo de cosecha se recogían a diario y el aroma se desplazaba por el aire como un polvillo perfumado.

Tibby notó la cara pensativa que traía su mejor amiga. Con el pelo castaño cada vez más largo y recogido por detrás con su pañuelo favorito, a veces su expresión se interpretaba como de disgusto.

—Hoy vienes con cara de pocos amigos ¿no?

Teresa se volvió hacia su amiga y le sacó la lengua.

—¡Cuando haces eso te pones aún más fea! —Tibby se rió.

—No me importa —Teresa también sonrió levemente y tuvo que echar mano de toda su fuerza de voluntad para no reírse.

—¿Un céntimo por lo que estás pensando?

—No tienes ni un céntimo.

Tibby se encogió de hombros.

—De todos modos dudo de que tengas algún pensamiento que merezca la pena comprar.

—Sí, bueno, no los estoy vendiendo —Teresa hizo una pausa—. ¡Pero los compartiré gratis!

Las dos chicas salieron por una de las puertas laterales y descendieron por el sendero que se alejaba del edificio principal. Ahora que ambas tenían once años se les permitía explorar más terrenos. Las chicas no sabían bien cuáles pertenecían al orfanato, pero sí que podían caminar hasta donde pudieran alcanzar sus ojos sin abandonar las tierras. Teresa y Tibby tomaron un sendero que serpenteaba a lo largo de un seto en dirección a un bosquecillo resguardado. Era un lugar al que les gustaba ir a menudo juntas para charlar. Se habían hecho unos asientos de troncos de madera desechados que colocaron contiguos. Mientras andaban sintieron que el aire estaba pesado y sofocante. Para cuando llegaron al bosquecillo estaban sudando. Sabían que se acercaba una tormenta, una ráfaga de aire que irrumpe en la atmósfera y refresca los densos cielos.

Y al poco, nubes pesadas se cernieron sobre ellas y un atronador sonido rodó por los campos. Las dos chicas se sentaron en los troncos y esperaron a que las gotas de lluvia empezaran a caer.

Tibby arrastró los pies intranquila y pasó los dedos por entre su cabello corto cobrizo. Siempre había preferido llevar el pelo muy corto, a diferencia del cabello largo y liso de Teresa. Las dos se parecían, poco más o menos, como un huevo a una castaña, o como les gustaba decir, como un arándano a una frambuesa.

—¿Qué piensas que quiere decir Madre cuando afirma

que todas tenemos lo sagrado dentro de nosotros?

Teresa chascó una ramita entre los dedos. El cielo se había agrietado y la lluvia estaba empezando a caer a grandes borbotones.

—Dice que todas somos manifestaciones de lo sagrado y que tenemos la responsabilidad de expresarlo.

Tibby torció el gesto.

—Está bien, ¿pero cómo? ¡No nos dio un libro de instrucciones!

Las dos se rieron. Tibby se acercó, tomó entre sus manos la larga cola de caballo de Teresa y acarició la gran mata de pelo más oscuro que el suyo.

—¡Tienes el pelo como el de un caballo!

—¡Mejor que tenerlo como el de un chico!

Mientras se reían Tibby volvió a mirar el pañuelo anudado en el pelo de Teresa

—Nunca me dijiste de dónde lo sacaste...

Teresa hizo una pausa.

—Es una expresión de lo sagrado… ¡eso es!

Teresa se levantó del tronco de un brinco y salió corriendo a abrazarse al aguacero. Y empezó a dar vueltas manteniendo las manos levantadas hacia lo alto. Una chica girando bajo la lluvia

Tibby salió corriendo para reunirse con ella. Dos chicas revoloteando bajo la lluvia. Cerraron los ojos y dejaron que la lluvia se derramase sobre ellas; sobre sus rostros y a lo largo de la columna por su espalda. Los vestidos se pegaron al cuerpo en contraste con los brazos extendidos hacia arriba…

…Teresa podía sentir la humedad en su cara, y la sensación de libertad, de júbilo y de lo sagrado… podía recordar…

…aún podía recordarlo ahora que la tierra, no la lluvia, cubría su cara y su cuerpo. Se acordaba de todo: las sensaciones, los sentimientos, el contacto con el espacio sagrado. Y ahora esos recuerdos también calaban fuera de ella y hacia las profundidades de la tierra. Teresa participaba del cuerpo del planeta y también recordaba las palabras de Madre… *Todo lleva tiempo, es el modo natural de las cosas… tiempo para generarse, tiempo para aparecer.*

Tiempo y más tiempo… tiempo de la tierra… para ir hacia el interior… aún más hacia dentro…

Ahora las palabras de Madre están íntimamente en Teresa, y también perduran en la tierra como si el barro y los microbios del suelo fuesen porteadores de las letras; un lenguaje impregnado. *La práctica de ir hacia el interior es un aspecto de lo femenino… lo nutre como hace el suelo con sus seres vivientes… ir hacia fuera es una señal del mundo, ir hacia dentro un signo del alma…*

Cuando Teresa tenía doce años la pillaron robando una botella de zumo de frutas de los suministros de la señora Celia. La vieja dama, con su distinguido pelo rojo, había entrado en el almacén en el preciso instante en el que la mano de Tersa abría la botella y se la llevaba a los labios.

¿Si tenías sed, por qué no te limitaste a pedirlo?

Era una interpelación lógica que se había planteado repetidamente. Pero Teresa no tenía una respuesta lógica. No había querido preguntar ni se había sentido especialmente sedienta. Solo había querido saber si *podía* hacerlo. ¿Era posible? Lo había sido: pero también había tenido consecuencias.

Madre había mirado a Teresa con un desapego despreocupado, como si no viniera al caso.

—Hay un viejo dicho que podría aplicase en esta situación: *Toma lo que quieras, dice Dios, ¡pero paga por ello!*

Teresa escuchó pero no reaccionó. Tenía la espalda inclinada y las manos en la tierra. «Plantar un jardín de semillas por un trago de zumo», murmuró para sí Teresa.

—Puede que por fuera las cosas no parezcan justas o equitativas —siguió Madre mientras miraba desde un banco cercano—, pero todo encuentra su equilibrio. Cosas que pueden parecer contradictorias a menudo están trabajando juntas: al igual que el sol y la lluvia, y la luz y la oscuridad. Recuérdalo, pequeña Teresa: todo proviene de la oscuridad;

todo nace en la oscuridad: por eso su género es femenino. Es dentro de la oscuridad donde pueden encontrarse los caminos ocultos de creación. ¡Permite que tus manos formen parte de eso!

Teresa no estaba impresionada, pero *escuchaba*. Siempre escuchaba cuando Madre hablaba; y de alguna manera ambas lo sabían.

Ese mismo día, más tarde, después de haber terminado de sembrar y de lavarse, Teresa se deslizó calladamente en el arroyo que discurría por la parte posterior del orfanato. Sentándose en soledad cerró los ojos y escuchó los sonidos; reconoció los de los amarillos, los tonos de los azules, el tintineo de la luz al reflejarse en el agua, y los sonidos de los pequeños remolinos girando como dos niñas empapadas. En su corazón anhelaba progresar.

La imagen de Madre entró en su flujo mental como si lo hiciese en la corriente del arroyo. *La vida se da con un propósito: nuestra tarea es descubrirlo y llevar a cabo la labor acordada.*

—¿Por qué tengo que llevar tanta carga? —Un día Teresa le había hecho esta pregunta a Madre.

—No seas egoísta, o ingenua —respondió la anciana señora—. No es para ti sola. Y sólo quienes llevan a cabo esta labor encontraran la carga, como tú la llamas, ligera. El peso de la ignorancia es mucho más fatigoso. No seas una niña egoísta; no viniste aquí para eso: ninguna de nosotras lo hizo.

Con esto en mente, Teresa agarró un guijarro y lo arrojó delante de ella a la corriente. La piedrecita, se dijo a sí misma, es por el error de ser ingenua y egoísta. Teresa tomó otra.

—Y ésta por el zumo de frutas —afirmó en voz baja mientras la tiraba al arroyo.

Teresa fue cogiendo piedras, una tras otra, y arrojándolas a la corriente por cada equivocación previa presente en su mente. Para cuando el sol había empezado a ponerse Teresa había alcanzado un lugar de silencio. Ahora se sentía vacía pero bien. De alguna manera, sin saber cómo, la corriente había desviado su curso y corría a través de su joven cuerpo, llevándose el cieno acumulado en su interior con el paso del tiempo. Y se sentía fresca. A pasar del calor del día sentía en sus piernas la carne de gallina y su minúsculo vello corporal hormigueaba.

Sí, ahora lo recordaba todo... todo llegó a su través inundándola.

Y la tierra continuó acariciándola como sí también ella fuese una pequeña semilla, como una de aquellas que había plantado con sus propias manos. Si Teresa hubiese podido oír su propia verdad habría sabido que ella misma había plantado su propia simiente. Pero mientras permanecía allí tumbada escuchó las palabras de Madre…

... En nuestro interior, en nuestros cuerpos y nuestras memorias, llevamos el inconsciente profundo, al igual que la tierra lleva sus minerales y sus piedras. Dentro de nosotros habita un inconsciente profundo, aletargado y sin embargo vigilante, esperando nuestros momentos de atención para poder despertar un poco más...

Quizá esa fuese la razón por la que Madre había puesto a Teresa bajo el suelo, cubierta por una manta de tierra.

Si Teresa se hubiese imaginado dónde estaría cuando fuera un poco mayor, no habría sido aquí. Sólo unos días antes acababa de cumplir trece años.

MADRE

No estás aquí para desarrollarte, lo estás para desplegarte. Ya entrañas la esencia; no puedes desarrollarte sobre ella, pero sí permitir que se despliegue y se difunda de la manera más correcta y armoniosa.

CAPÍTULO DIEZ

~ La transformación es contagiosa ~

Teresa entendía su memoria de una manera diferente. Ya no era una imagen fija que permanecía adherida en su mente como una foto de álbum polvorienta. Ahora su memoria, y todas las entidades asociadas con ella, era una corriente fluida que discurría a través de su mente y su cuerpo. Cada acontecimiento no era una marca grabada en piedra sino un dedo colocado en una corriente de agua. El mundo fuera de la Casa del Azafrán para chicas había sido un lugar estático; pequeño, gris y ocupado con su propia parafernalia.

Teresa se volvió hacia su íntima amiga Tibby y sonrió. Ésta se acercó y tocó el blanco pañuelo de encaje con el que Teresa se ataba por detrás su largo cabello oscuro.

—¿De qué crees que irá hoy la charla de Madre?

—Pienso que pedirá que le hagamos preguntas.

Tibby se rió.

—A ti siempre te gustan las preguntas. ¿Por qué no le preguntas cuántos años tiene?

Teresa se encogió de hombros.

—Tal vez lo haga algún día.

Teresa había terminado sus tareas matinales de ayudar a las chicas más pequeñas a limpiar su dormitorio. A Teresa y a sus amigas, ahora que eran oficialmente adolescentes, las habían cambiado de su viejo dormitorio a otra ala del gran edificio. Sus nuevos aposentos eran más pequeños y ahora Teresa compartía una habitación sólo con Tibby, Alicia y Abigail. Con el paso de los años su amistad se había hecho más cercana en tanto que sus personalidades se habían distanciado. Los retazos que quedaban de los primeros años de sus respectivos orígenes sociales habían comenzado a disolverse. Ya no se alimentaban ni se prestaba atención a aquellos aspectos a los cuales se les había enseñado a ajustarse y que habían formado la cáscara exterior de sus personalidades y, en consecuencia, se habían marchitado como una flor sin agua.

Después de terminar sus tareas con las niñas, Teresa salió a regar las flores. A medida que la estación se aproximaba a su apogeo el sol iba calentando menos. Para Teresa meter las manos en la tierra era algo esencial. Limitarse a regar las plantas no era suficiente: necesitaba sentir la terrosidad, la textura y la voz silenciosa del terreno. Era una de las pocas chicas que disfrutaba realmente desyerbando. Para ella eran mañanas placenteras; le alegraba la rutina de levantarse temprano a la salida del sol, ayudar a preparar los desayunos con la regordeta señora Pym, colaborar a organizar a las chicas más jóvenes, y luego salir a cuidar las franjas de jardín que discurrían alrededor del gran orfanato. Sabía que la rutina era un tipo de orden y que la buena disposición cotidiana de las cosas era un reflejo del propio orden interno. En lo que a Teresa respecta no existía algo semejante al aburrimiento. Recordaba que una mañana, mientras se esforzaba desyerbando un tramo descuidado del jardín, Madre había pasado por allí y se había detenido a observarla. Cuando Teresa levantó la frente revestida de sudor para saludarla, Madre sonrío y dijo:

—Es bueno ver a una persona sudando.

Teresa conocía de sobra el sudor.

Las clases de gimnasia ya no eran iguales. Cuando eran pequeñas estaban familiarizadas con los movimientos que se les pedía que hiciesen. Ahora trataban de que sus cuerpos se contorsionasen de otros modos y maneras: los forzaban a estirarse con posturas y formas que ninguna de ellas había conocido con anterioridad. Su maestra, la misma Anna rubia y de cara delgada, las adiestraba con calma y paciencia; aparte de darles las instrucciones, hablaba muy poco. Las chicas sabían que ahora tendría veinticuatro años; y les gustaba.

Tras la clase las chicas se relajaban y esperaban a que llegase Madre. Si bien su aparición era previsible, sus palabras nunca lo eran.

Madre parecía la misma de siempre. En la fluida memoria de Teresa no había lugar para que una imagen quedase grabada para desvanecerse en la vejez. Madre se sentó en su silla favorita, colocó las manos en su regazo y respiró con calma. Cuando levantó la vista y observó ante ella la concurrencia de rostros juveniles sus ojos centellearon.

—Lo que pasa individualmente en vuestros cuerpos afectará a otros cuerpos. Lo que ocurre en vuestro interior se diseminará. La transformación es contagiosa. Llegaréis a admitir que hablo mucho sobre el contagio: ¡pero del bueno!

Madre se permitió una risa suave, como si compartiese un chiste interior con el viento que surcaba entre las ramas. Se inclinó hacia delante y guiñó un ojo a las chicas.

—¿Por qué estamos aquí?

Y volvió levemente la cabeza para mirar directamente a Abigail

—Algunas de nosotras tenemos exactamente esa pregunta en nuestras cabezas —continuó—, así que os digo a todas que ¡sin duda, estamos aquí para jugar el juego! Pero no cualquier juego sino uno muy específico, con toda la fuerza de voluntad a nuestra disposición. Y es importante saber que en este juego estamos apoyados por una gran cantidad de energía. La mayoría de la gente no sospecha que existe este juego; esa es la parte triste: si no hay juego no hay partida. No obstante, para quienes saben, la cuestión se convierte en *cómo* jugar. No es un juego «normal» como podríamos sospechar. Es muchísimo más valioso y estimulante. De modo que tenemos que aprenderlo y actuar deliberadamente. Es el juego al que llamamos Vida. La vida es contagiosa y, como os decía, la transformación también lo es. Pero mucha gente necesita un ingrediente especial en sus vidas.

Madre entrelazó las manos y se echó hacia atrás en su silla.

—Entonces ¿quién tiene que hacerme alguna pregunta?

Silencio. En el lugar de la reunión, dentro de las mentes individuales, había muchas preguntas pendientes pero se mantenían ocultas. Teresa trajo al frente la suya y permitió que se asentase allí, entonando su melodía, aunque sin expresarla. Sabía que Madre sabía que ella sabía. Teresa se concentró en la forma de su pregunta más que en sus letras individuales: sentía que a menudo éstas se perdían tan pronto como salían por la boca, pero la forma del pensamiento permanecía.

Madre cerró los ojos por unos instantes y asintió para sí misma.

—Sí, exactamente, el silencio con frecuencia es más útil que las palabras. ¿Por qué lo digo? Porque la palabra está restringida: cada mente recibe su significado con una flexibilidad limitada. Cada cerebro interpreta las palabras de formas ligeramente diferentes dependiendo de su origen y su formación, los cuales constituyen su marco cultural. Si tal identidad no se disuelve dentro de la persona, como las hojas muertas lo hacen en la tierra, la inflexibilidad de las palabras queda atrapada dentro de esa estructura. Con el silencio es diferente: cada mente lo recibe como una vibración y el ser interno lo interpreta de acuerdo con el estado de la persona. Su significado y su mensaje pueden ser muchísimo más ricos que los de las palabras, y más cercanos a la verdad. El silencio puede dar lugar a una experiencia interior: a una comprensión o epifanía. Se debe permitir que el sigilo deambule confiadamente con libertad dentro de la persona. No se debería luchar o batallar contra el silencio; quizá esa es la razón por la cual tanta gente lo encuentra incómodo. Pero aquí cultivamos el arte de escuchar el silencio. Es como prestar oídos a la flor del azafrán cuando una suave brisa discurre por los bordes de sus pétalos, como si se oyese algo extremadamente sutil. Conseguir un silencio atento es a la vez una habilidad delicada y también muy práctica e importante.

Después de una breve pausa Tibby fue la primera en hablar.

—Madre, ¿cómo es un silencio atento? ¿Cómo se puede conseguir?

—Cariño, es un movimiento interno sutil que te permite estar abierta y receptiva para poder recibir todo lo que se deba acoger. Es un espacio en el cual todas las cosas exteriores del mundo no se mueven. Es un espacio dentro del yo que está profundamente tranquilo y al mismo tiempo activo, un espacio que no conoce la contradicción y donde la llama del conocimiento arde tan resplandeciente como el agua que corre. Cada persona debe buscar y encontrar ese espacio por sí misma.

La Madre hizo un tenue pero deliberado movimiento de repiqueteo con los dedos sobre su regazo. Y miró brevemente hacia Teresa que sintió que algo parecido a un dardo le entraba por el ojo.

—Quizá tu pregunta candente —continuó Madre— sea cuándo empezarás a recolectar las flores de azafrán, lo cual nos lleva agradablemente de vuelta al juego de la vida contagiosa y su *ingrediente especial*. Esa es la naturaleza de la especia; pero antes de estar listas para tales cosas debemos aprender el arte de un juego menor: el del cuenco de cristal.

Las cuatro amigas estaban tranquilamente sentadas en su habitación preparándose para el cierre de la jornada. Como cada noche, antes de meterse sigilosamente en la cama y cerrar los ojos, se sentían somnolientas. Cada día era una combinación de quehaceres, ejercicio físico y lecciones educativas. No obstante, el entorno también proporcionaba algo más, algo *extra* que iba más allá de lo que se podía ver, oír, tocar o sentir. Todas lo intuían, incluso aunque no supiesen que lo sabían o no pudiesen expresarlo con palabras. No siempre es necesario articular algo, basta con reconocerlo.

Alicia estaba peinando la larga y dorada melena de Abigail; las dos tenían el pelo rubio pero el de Alicia estaba recortado a la altura de los hombros. Teresa estaba sentada en la cama mirándolas, como había hecho tantísimas veces; a menudo Tibby le peinaba la melena larga y oscura después de que ella se hubiese quitado el blanco pañuelo de blonda. A Teresa le gustaba contemplar las manos en acción; dedos delicados moviéndose y tejiendo, tocando y sintiendo. Abigail miró y sonrió a Teresa.

—¿Otra vez abstraída en tus pensamientos?'

—Viendo pasar el mundo —contestó Teresa.

—¡No me lo creo! O desde luego no el mundo normal.

Abigail y Alicia se rieron con delicadeza.

—Tu mundo está en otro lugar; así ha sido siempre desde que te conozco.

—Mmm. Mi mundo tenía que estar en otro sitio, nunca tuve elección.

—Todos podemos elegir —le interrumpió Alicia.

—No. Algunas veces las opciones reales se te dan y tú no puedes decidir si las quieres o no. Yo pienso que la verdadera libertad procede de no disponer de alternativas.

—No lo entiendo…

Teresa sonrió a su amiga Alicia. Le gustaba, como le gustaban todas sus amigas. Y sabía que un buen día no tendría otra alternativa que distanciarse de ellas.

—Ciertas cosas deben hacerse porque son correctas, y en ello no hay elección: así es como es.

De repente Tibby entró en la habitación con el cepillo de dientes en la boca y murmuró algo sin sentido. Las otras tres chicas la miraron con extrañeza. Tibby se sacó el cepillo de la boca y sonrió.

—Decía que si todas estáis listas para nuestra reunión con Madre mañana.

CAPÍTULO ONCE

~ No estamos interesadas en la perfección; nosotras
trabajamos con las flaquezas ~

Las cuatro chicas estaban sentadas afuera de la habitación de Madre, cada una encerrada en su propio silencio. A todas las chicas de su edad, un dormitorio tras otro, se las había llamado para hacer la visita. La señora Aisha, secretaria personal de Madre, abrió la puerta e indicó a las chicas que entrasen. Era una mañana otoñal y una luz neblinosa recorría el suelo de piedra. Teresa inspiró profundamente al entrar, recordándose a sí misma quién era y dónde estaba. El recuerdo de su primera visita a aquella habitación, cuando tenía cinco años, residía ahora en el suelo y el barro terrenales. El momento actual era tan fresco y estaba tan vivo como la caricia de la Naturaleza sobre cada brizna de hierba cuando entona dulcemente su canción.

Las cuatro chicas se sentaron en sillas dispuestas alrededor de una pequeña mesa de madera. Todas se hallaban frente a Madre que estaba sentada al otro lado en su gran silla tapizada. Sobre la pequeña mesa de madera había lo que parecía ser un cuenco de cristal y junto a él reposaba su tapa. Madre abrió las manos en un gesto de bienvenida y sonrió cálidamente.

—Mis queridas chiquillas, las que en breve seréis mis recolectoras de azafrán; cada una de vosotras es una pizca de especia.

Tibby, Alicia, y Abigail respondieron con una risita colectiva, como si una pluma de ángel hubiese aparecido para hacerles cosquillas. Pero Teresa permaneció en silencio y miró fijamente al objeto de cristal.

—Espero que en la cosecha de la próxima estación todas tendréis oportunidad de participar en la recogida de la especia. Es un proceso muy delicado y se requieren manos firmes.

Madre miró lentamente a cada una de las cuatro.

—Y también corazones firmes, porque todas las manos no son sino prolongaciones de nuestros corazones, y éstos no son sino extensiones de la especia, la cual fluye por todas partes. Una recolectora de azafrán al tocarlo debe ser a la vez delicada y cordial, como si tratase de entrar en contacto con la auténtica esencia de un alma nonata. De modo que… pongámonos a ello ¿os parece?

Madre extendió su esbelta mano, asió con elegancia la tapa de cristal y con un ágil movimiento la colocó sobre la boca del cuenco. Con una ondulación de la mano la tomó de nuevo y volvió a colocarla sobre la mesa.

—Ya está, tan simple como esto. ¿Os apetece intentarlo?

Tras una breve pausa Abigail se acercó a la mesa y tomó la tapa de cristal. Con un lento movimiento la colocó sobre la boca del cuenco. Tan pronto como lo hubo hecho una vibración sonora, suave pero clara, reverberó en el aíre.

Madre sonrió.

—El cuenco de cristal canta: lo hace en respuesta a tu propia vibración. Cada una de nosotras resuena a cada momento, incluso aunque no oigamos nuestro propio canto.

Madre colocó la tapa de cristal de vuelta sobre la mesa e hizo un gesto con la cabeza a Alicia que estaba sentada junto a Abigail.

Alicia levantó la tapa con extremada suavidad y la colocó en el cuenco. Otra vez resonó la vibración cristalina.

Alicia hizo un mohín.

—Pero la puse con tantísimo cuidado.

—Lo sé, querida. Pero ese campanilleo está dentro de ti. Cuando te acerques a asir la tapa debes hacerlo desde tu propio espacio interior de silencio; antes de establecer contacto con el cuenco cálmate.

Las cuatro chicas seguían sentadas en silencio. Tibby fue la siguiente. Después de alrededor de un minuto se adelantó e hizo el mismo gesto. Pero una vez más el cuenco de cristal resonó. Tibby puso mala cara y volvió a sentarse. Madre recolocó silenciosamente la tapa de cristal sobre la mesa. A continuación le llegó el turno a Teresa, quien con suma concentración alcanzó cuidadosamente la tapa y con la máxima elegancia de la que eran capaces sus pequeñas manos la colocó delicadamente en la boca del cuenco de cristal.

Todas escucharon.

Nada... y luego un mínimo campanilleo llegó a sus oídos... la vibración de ligeros fragmentos de cristal.

Madre asintió con la cabeza y luego dibujó una leve sonrisa maternal.

—Nadie consigue el silencio la primera vez. No os preocupéis. Todas habéis tenido un comienzo excelente. No estamos interesadas en la perfección; nosotras trabajamos con las flaquezas. Nadie empieza por la conclusión: es un destino y no un punto de partida. Sólo que en esto algunas de nosotras tienen un mejor comienzo.

Un serpenteo de luz solar pareció rebotar en los ojos de Madre e hizo que centelleasen. O tal vez fuese un reflejo del cuenco de cristal, el resplandor de un fragmento de vidrio que captó un solitario rayo de luz y se iluminó de repente.

Una cualidad mágica impregnó la habitación como lo

haría el aroma de una flor soplada por el viento o el perfume de un desconocido paseante. Teresa entrecerró los ojos para poder percibir la periferia, esa efímera frontera que se desdibuja entre una y otra realidad. Y cuando Teresa relajó su enfoque y apaciguó su mente una vibrante danza de color atravesó su visión. Madre ya no era la vieja señora sentada en la silla frente a ella, sino una neblina de lo que Teresa sólo podría describir como una energía pulsante que irradiase tonalidades de azul. Teresa, mientras trataba de ver a través de sus ojos desenfocados, empezó a sentirse mareada. Así que los cerró y se fue adentro. Dio un paso en su tierra natal interior, hacia donde ella sabía que residía un lugar de silencio. Con un sentido interior podía oír los débiles repiques del cristal como si fuese una voz susurrando una canción. Entonces volvió a oír voces.

Cuando Teresa abrió los ojos vio que Madre estaba escuchando una pregunta de otra de las chicas. Pero Teresa no era capaz de centrarse totalmente en las palabras o de convertir los sonidos en portadores inteligibles de significado. Madre, con un súbito movimiento de la cabeza, dirigió un rápido vistazo a Teresa que sintió abalanzarse sobre ella un pico de energía que hizo que su cuerpo se sentase erguido.

Madre carraspeó como si fuese a hablar.

—La cosechadora de azafrán debe trabajar no solo con sus manos sino con su presencia... con su esencia personal. Sus manos han de ser firmes, estables y al mismo tiempo suaves. Y su presencia debería ser silenciosa, como absorbida en un estanque de energía en calma. Si emitimos un sonido, lo imprimimos en la cualidad del azafrán y con ello podemos contaminarlo levemente. Nuestro papel como recolectoras de azafrán, en el proceso de obtener la especia, es canalizar algo *diferente de nosotras*. Entonces la especia transporta un ingrediente especial que se puede mezclar con los platos deliciosos del mundo. Pero debemos trabajar con el azafrán como si fuese transparente, como si estuviese vacío… como un recipiente de cristal. Y deberíamos ser cuidadosas para no imprimir *nuestros* sonidos en la esencia de la especia.

Madre levantó la tapa del cuenco de cristal y la colocó en la mesa, y sin esperar volvió a colocarla rápidamente en el cuenco. Aguardó con los dedos quietos. El trino de un pájaro irrumpió desde afuera y se desparramó por la habitación. Nada más. Madre repitió el mismo proceso varias veces, cada vez con más rapidez. Sus manos se movían como hilos refinados que tejiesen un tapiz invisible en el aire que la rodeaba. Todo el tiempo hubo una asombrosa insonoridad sosegada.

—Lo conseguiréis —dijo finalmente Madre, mientras colocaba suavemente las manos sobre su regazo—. Pero antes tenéis otras cosas por delante. La próxima siembra será en primavera.

Madre se volvió hacia un lado. Teresa notó cuán delicadas

eran sus orejas como si fuesen vericuetos esculpidos y después incorporados a la cabeza.

CAPÍTULO DOCE

*~ Tan pronto como una persona deja de avanzar
empieza a retroceder ~*

L a señora Celia, a pesar de su edad, conservaba el pelo teñido de rojo. Había veces en las cuales las raíces grises asomaban y comenzaban a crecer, como si exhibieran su propio desafío frente al teñido; pero la señora Celia siempre mantenía su pelo en buen estado, al igual que el almacén de suministros. Teresa había establecido una buena relación con la señora Celia, que atribuía al incidente del robo del zumo de frutas cuando era más pequeña. A veces, eso parecía, las cosas ocurrían por razones diferentes de las aparentes en su momento. O, como a la señora Celia le gustaba decir, «todo es un catalizador para alguna otra cosa:

¡sea ésta cual fuere!»

Una de las responsabilidades de Teresa era trabajar en el almacén de suministros, gestionando pedidos y existencias, y básicamente controlando lo que entraba y lo que salía. Teresa lo hacía bien porque tenía una memoria consistente de las cosas: de dónde debían estar, de cuánto había o tenía que haber de cualquier cosa que fuese. La señora Celia era una dama práctica, alta y delgada y con una cara afilada que podía tomarse por severa si uno la miraba fijamente durante mucho rato. Pero Teresa no era persona de mirar así, y pronto se había dado cuenta de que la señora Celia tenía un sentido del humor muy incisivo.

Teresa estaba revisando uno de los cuartos del almacén, marcando los artículos en su libreta, cuando escuchó por detrás un murmullo. Se volvió y vio a la señora Celia sacudiendo la cabeza y chasqueando la lengua como si fuera para sí misma.

—Vosotras chicas consumís más papel higiénico que pan. ¿Cómo puede ser?

—Tenemos prioridades mayores que el hambre... —Teresa le devolvió una sonrisa.

—Las necesidades corporales son las cosas que necesita el cuerpo, supongo.

La señora Celia hojeó uno de sus libros de registro como si estuviese trabajando, pero Teresa sabía que no era cierto, así que mantuvo sus oídos abiertos.

—Y lo que la vida necesita ahora mismo es más feminidad… si es que alguna vez va a estar lista para el cambio real que ha de llegar.

La señora Celia chasqueó la lengua y continuó dando vuelta a las páginas sin levantar la vista.

—Supongo que el peligro —continuó— es cuando el mundo exterior sólo devuelve el reflejo de sí mismo, ampliando las cosas malas y no revelando lo que subyace. Y lo exterior es tan masculino y tan cargante… hace falta un poco de lo femenino…

La señora Celia volvió a chasquear la lengua.

—Tenemos que devolver cosas de lo invisible a lo visible, de la inactividad a la actividad.

Por fin la señora Celia levantó la cabeza y miró hacia delante, pero no directamente a Teresa. En lugar de ello era como si estuviese hablando para sí misma, pero sabiendo que Teresa estaba en la habitación.

—Activando las cosas las haces cobrar vida en el mundo. Y cuando lo femenino se activa algo especial entra a través del corazón. Inicialmente puede destruir antes de poder reconstruir. Luego lo más suave puede superar a lo más duro y lo más sutil transformar lo más tosco. La luz dentro de uno despierta la luz dentro de otro: esa es la transmisión. ¡Teresa!

Cuando la señora Celia se volvió para mirarla directamente, la atención de Teresa se encauzó.

—¿Sí?

—Pide algo más de papel higiénico. ¡No podemos dejar a las chicas en la estacada! Y un poco más de pan también, si lo deseas…

La vieja dama se volvió y salió de la habitación como si no hubiese nada más que decir.

Pero Teresa había tenido oídos para oír. Durante el resto de la mañana desempeñó sus tareas de almacenaje.

Era importante abastecerse para los próximos meses. El otoño se desvanecía y el frío invernal se acercaba cada vez más. Teresa recordaba bien los inviernos; conocía la nieve desde muy pequeña, pero en la Casa del Azafrán para chicas no nevaba. El terreno se endurecía por la helada y luego se ablandaba con la lluvia; y los vientos soplaban alrededor de los altos muros y las esquinas del viejo edificio. Pero aún así la nieve no caía. El malestar se debía a la humedad: era como una mano empapada atravesando la piel y cerrándose alrededor de los huesos. En invierno hacer gimnasia era aún más imperativo, aunque sólo fuese por mantener el cuerpo más cálido y todo circulando por dentro.

Teresa anotó las entradas en su libreta de pedidos. Junto al papel higiénico y el pan, apuntó que se recogiesen de los árboles tantos limones como fuese posible: en invierno eran importantes.

En el gran edificio del orfanato había lugares en los cuales a Teresa le gustaba andar sola. A pesar de tener los días llenos de actividades y tareas, siempre era posible encontrar ratos de soledad. Por las mañanas había obligaciones laborales, como las de las cocinas durante los desayunos; luego clases hasta el mediodía, cuando algunas de las chicas mayores, de la edad de Teresa, ayudaban de nuevo en las cocinas a preparar la comida. Por las tardes había diversas tareas, o ejercicios; o bien dejaban que las chicas hicieran lo que les apeteciese lo que, para Teresa, significaba dar largos paseos afuera en los campos. Los únicos lugares que todavía no podía visitar eran los campos de azafrán: aún no había llegado su momento. También le gustaban las habitaciones dispersas por la parte más alta del orfanato donde se almacenaban los objetos antiguos.

En una de las grandes habitaciones, colgado en la pared, estaba su tapiz favorito de esplendidos colores desteñidos. Para Teresa era como un mapa, un terreno codificado; un plano de lugares por los cuales su mente todavía no había viajado. Le gustaba quedarse en pie frente al tapiz y mirarlo hasta que sus ojos se ablandaban y el olor del viejo tejido se deslizaba por sus fosas nasales. Teresa decidió volver a subir las numerosas escaleras que conducían a aquella habitación. Al entrar se acercó al tapiz y recorrió con los dedos el estampado bordado, sintiendo, percibiendo, como si descifrase un alfabeto diferente, una forma distinta de lenguaje. Mientras lo hacía un racimo de imágenes emergió en su mente, reordenándose en una cadena… una historia que se desenvolvía…

Teresa pensó haber oído una voz tenue que la llamaba. Volvió en sí y miró alrededor de la habitación. Pero estaba sola. Siguiendo su instinto anduvo hacia la ventana y miró hacia abajo al césped. Casi se quedó helada. Abajo sobre la hierba estaba Madre, moviéndose lentamente de una manera deliberada aunque extraña. No andaba con normalidad sino que daba unos cuantos pasos hacia un lado y giraba en ángulo recto para volver a dar algunos pasos más. Mostraba un patrón deliberado si bien un tanto enrevesado. Teresa observaba mientras Madre parecía repetir el mismo diseño. Tras varios movimientos reiterados Madre se detuvo de repente. Lentamente se dio la vuelta y miró hacia arriba directamente a la cara de Teresa; pero ésta no la estaba mirando.

Bruscamente, Teresa pegó una sacudida hacia atrás conmocionada, con el aliento atrapado en la garganta como un grito ahogado. Se alejó de la ventana. No, debía haber sido un engaño de los ojos.

Teresa se volvió y abandonó la habitación. Su mente se agitaba como si sus pensamientos estuvieran reorganizándose a toda prisa en una nueva cohesión. Incluso sus propios pensamientos le decían que se habían aturdido ¿Cómo podía ser? Con toda seguridad no podía haber visto su propia cara mirándola fijamente desde donde estaba Madre. Seguro…

La chica de trece años conocida como Teresa volvió andando rápidamente por los corredores del gran edificio de la Casa del Azafrán para chicas. Los conocía bien por haberlos recorrido durante muchos años. Y entonces, sin podérselo creer del todo, de repente se dio cuenta de que estaba donde no debería. ¿Pero dónde se había equivocado de rumbo? Antes de que su mente pudiese hacer los reajustes necesarios Teresa se dio cuenta de que estaba en el corredor que conducía a los cuartos privados de Madre. Era un lugar donde no debería estar, y aún así estaba.

Pasó junto a la puerta de la habitación de Madre y vio que estaba abierta. Se detuvo. Y a continuación sucedió. Algo dentro de ella la forzó a volver hacia la puerta abierta. La misma fuerza irresistible la instó a atravesar la puerta y a entrar en las estancias privadas de Madre.

Dio unos pasos hacia la puerta. De pronto una intensa vacilación brotó en su interior tirando de su impulso corporal y haciéndola dudar. Automáticamente Teresa dio un paso atrás. Entonces escuchó la voz de Madre.

— Tan pronto como una persona deja de avanzar empieza a retroceder.

Teresa dio un paso hacia delante. Y, a continuación, otro.

CAPÍTULO TRECE

~ Trata tus palabras como si fuesen tus hijos ~

Un aroma humeante, una neblina perfumada, se esparcía por la habitación. Teresa reconoció que en alguna parte, un palito de incienso quemándose difundía su fragancia entre las moléculas del aire. Antes incluso de darse la vuelta supo que Madre estaba detrás de ella, sentada a la mesa a un lado de la puerta abierta.

—Puedes cerrarla. Las puertas abiertas atraen a los mosquitos.

Teresa se volvió y cerró la puerta, moviéndose con tanta naturalidad como le fue posible; intentaba mantenerse calmada a pesar de sentir por dentro una intensa palpitación.

Por fin miró a Madre, para encontrarse solamente con sus ojos que miraban hacia abajo mientras saboreaba una taza de té. En la mesa junto a la tetera había una segunda taza, vacía y esperando otra mano, otra boca. Madre levantó la vista e hizo señas a Teresa para que se sentara a la mesa; al hacerlo percibió otro perfume más suave y sutil.

—¿Te apetecería una taza de té, Teresa? Creo que este sabor especial te gustará.

Teresa vaciló y, antes de que pudiese contestar, Madre sonrió con dulzura.

—No es té de azafrán. ¡No usamos azafrán para todo, de otro modo todas estaríais comiendo pan y galletas de azafrán!

Esta vez la señora mayor soltó una risita y su delicado rostro irradió una calidez que ayudó a Teresa a relajarse.

—Sírvete un té de jazmín.

Teresa se recostó en su silla y dio un sorbo al té, intentando que no se notara que estaba observando lo delgados y juveniles que parecían los dedos de Madre. Durante un rato ambas damas, joven y vieja, siguieron sentadas en silencio como si se tratara de una ceremonia. Teresa sabía que a diferencia de ella, Madre no necesitaba observarla físicamente desde afuera; sin duda, pensó, ya era un libro abierto, una lectura sencilla.

Finalmente, Madre suspiró con dulzura, con un matiz de satisfacción, como si le complaciese el té. A continuación habló suavemente.

—Viniste aquí por ti misma, no por nadie más. No te engañes con esto, Teresa. Encontraste mi puerta abierta porque había un consentimiento por parte de ambas. Mi puerta no se abre para quienes no están preparadas para entrar. Antes *se debe* hacer ese trabajo.

Teresa inclinó levemente la cabeza, pero sintió como si no tuviese una respuesta.

—Debemos escuchar el sentimiento de *aprobación* que existe dentro de cada una de nosotras. Es una sensación sutil dentro del pecho, cerca del plexo solar; la cual también nos muestra cuando algo está en contra del ser esencial. Podemos sentir su aprobación; y de igual modo, podemos sentir su voz silenciosa cuando se alza en contra de nuestras acciones y pensamientos. Es un faro que no emite luz y aún así nos guía frente a las dudas que a menudo nos asaltan en el último minuto, tratando de armar un gran revuelo y distraernos. Exactamente como te sentiste en ese momento de vacilación antes de entrar por la puerta.

Teresa se ruborizó levemente, pero se mantuvo centrada en la expresión de Madre.

— Para nosotras, las sombras de duda no son necesariamente malas. Pueden ayudarnos a precisar la luz de la verdad. Nos muestran los obstáculos que se interponen en nuestro camino. Proporcionan contrastes, y a partir de ellos podemos definir con más claridad dónde está o no la luz; y lo que es más importante, aquellos lugares que carecen de lo *esencial*, de la especia.

Un pensamiento estalló súbitamente en la mente de Teresa.

—En verdad, yo quiero ir hacia delante —dijo en voz baja. Luego con una voz más fuerte—: Tengo que seguir adelante. Debo hacerlo.

—¿Es una promesa?

Teresa asintió con la cabeza.

—Cada uno debe trabajar con sus promesas: cuando prometemos algo debemos cumplirlo. Podemos posponerlo, pero si no cumplimos lo prometido, eso sólo repercutirá perjudicialmente sobre uno mismo. Si usas palabras, debes atenerte a ellas: son tus retoños, tu responsabilidad. Trata tus palabras como si fuesen tus hijos.

Esta parte final hizo sonreír a Teresa. Le gustaba. Siempre le agradaba cómo hablaba Madre. Era simple y aún así tenía muchísimo sentido para ella.

—Me gusta escucharla. Cuando habla hay bondad.

De repente Teresa se sintió un poco avergonzada. Las palabras acababan de salir de su boca: se habían desparramado como niños traviesos. Pero estaba contenta de haberlas pronunciado; en muy pocas ocasiones había sido capaz de expresarse con Madre con tanta intimidad.

Madre se inclinó hacia delante, alcanzó las pequeñas manos de Teresa y tomándolas entre las suyas las recubrió en una esfera de dedos arrebujados. Teresa sintió bienestar y seguridad, como si estando en manos de Madre estuviese protegida de todo lo demás.

—La bondad yace profundamente dentro de todas las cosas y puede encontrarse, si se busca.

—Pero no siempre la veo en otros —Teresa dejó escapar un pequeño suspiro.

—No te preocupes de los errores de los demás; obsérvalos, y luego permite que esa reflexión recaiga sobre ti misma. El reconocimiento de nuestro propio ser procede del reconocimiento de los demás. Confía en ti misma y en lo que representas.

—¿Que represento *yo*?

Madre sonrió y miró fijamente a la cara de la jovencita.

—Lo que *nosotras* representamos es algo sutil, y al mismo tiempo muy poderoso, que se encuentra dentro de lo femenino. Tal cosa como el poder femenino no puede verse con claridad, no es algo que se vea sino más bien algo velado. Y lo que está oculto puede conseguir mucho más que aquello que es visible. De esa manera es mejor para nosotras: cuanto menos se sospeche más eficazmente podemos trabajar. Ese es el camino del azafrán.

Teresa sonrió por dentro, al reconocer algo que siempre había sabido. Una presencia que había estado con ella desde tiempos inmemoriales, en las raíces más profundas, y que siempre la había llamado con delicadeza, como una brisa, un susurro, un contacto imperceptible.

Teresa jamás olvidó aquel momento con Madre; una situación de anuencia mutua junto al té de jazmín… un ejemplo de espléndido aislamiento en el cual se rechazó la intervención del mundo.

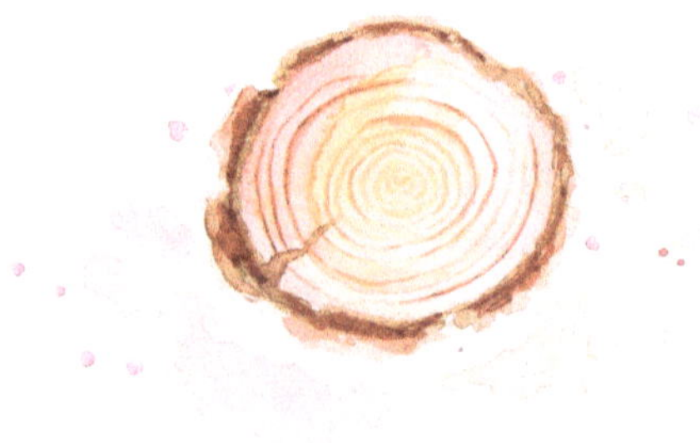

CAPÍTULO CATORCE

~ Todos somos locos, pero algunos somos locos
conscientes ~

La lluvia invernal llegó tal como se esperaba. Y Teresa había cumplido catorce años. El suelo seco absorbía las gotas de agua como un sediento morador del desierto. Teresa podía percibir dentro de sus huesos cómo se sentía el suelo mientras bebía a fondo de las lluvias. El año anterior, su propio cuerpo había compartido esta experiencia con el suelo. Ambos cuerpos se habían mezclado y habían participado el uno del otro como hermanos gemelos, con las bocas y las almas abiertas. Las lluvias volvían a caer, acariciando la carne de la Madre Tierra, y todo se sentía en su lugar.

Llegó el invierno, como hizo por todas las tierras. Pero la Casa del Azafrán para chicas estaba situada en el clima mediterráneo más templado y las transiciones del verano al invierno, y otra vez de vuelta, eran relativamente moderadas: ni nieve ni extremos, sólo los cambios más sutiles dentro de la naturaleza.

Algunas chicas tiritaban cuando las grandes habitaciones de piedra irradiaban el frío que llegaba para envolver las largas paredes exteriores. Otras murmuraban que el orfanato no estaba hecho para el invierno, sólo para el verano y el sol. Teresa sacudía la cabeza y permanecía en silencio. Lo que le desagradaba no eran los comentarios estacionales sino que se refiriesen al lugar como un orfanato, un sitio para huérfanos; y eso eran quienes no tenían padres; pero aquí estaban en familia y con una madre nueva: Madre. Para Teresa, la Casa del Azafrán para chicas era justo eso… un hogar. Y ellas no eran huérfanas, eran recolectoras. Y precisamente ahora Teresa y sus amigas, el grupo más reciente de adolescentes, estaban a la espera de su primera cosecha de la especia.

La gran caldera para leña del *sótano*,[5] como a Madre le gustaba llamarlo, rugía con ardorosa furia calentando las

---

[5] En español en el original

habitaciones y los corredores del caserón de piedra. Tuberías de caldera recorrían las estancias compartiendo y difundiendo el calor, y manos experimentadas alimentaban el fuego con leña cortada a diario. La energía, de la mano de la Naturaleza, se mezclaba con el cambio de estación para crear un ambiente diferente por todo el gran edificio. Teresa lo notó y supo que no era una inconveniencia, simplemente una *diferencia*, y dentro de ella las charlas con Madre también adquirieron una índole distinta.

Las clases de gimnasia todavía eran afuera, si el tiempo lo permitía, pero las charlas posteriores se celebraban en la sala de recepción, con Madre sentada en su silla tapizada junto a una pequeña estufa de leña. La energía de la habitación abrazaba a las jóvenes con una caricia de calidez interior diferente a la de los rayos del sol.

Madre, sentada junto a la estufa, daba sorbos a una taza de té preparada para ella. Teresa no necesitaba esperar a que el aroma perfumado llegase a sus sentidos; ya sabía de qué té se trataba. A veces el sabor aún persistía en los corpúsculos de memoria de su lengua.

—En la naturaleza hay una energía especial —comenzó Madre tras posar su taza de té—. Hay una red de vida, de energía y luz, que rodea la Tierra y que tiene un gran poder. Dicha energía fluye a través y por toda la Tierra: las plantas y la naturaleza actúan como antenas para dirigirla. Esta red de vida siempre ha estado presente. Desde los albores de la historia se ha usado para sanar, conectar, y transmitir energía a localizaciones concretas. El tiempo y la energía tienen relaciones específicas que no siempre son las mismas. La mayoría de la gente está familiarizada con lo que se llama tiempo mundial o tiempo planetario. Junto a éste nosotras también trabajamos con algo a lo que podríamos llamar tiempo *efectivo*. Con ello quiero decir un espacio en el tiempo que ha sido específicamente influenciado por el tiempo pasado y que posee un efecto marcado sobre el tiempo futuro. Esta relación entre pasado, presente y futuro puede existir dentro de un cerco específico de energía. Por expresarlo de la manera más sencilla posible —dijo Madre con una ligera sonrisa—, capacita a una persona que disponga de las herramientas adecuadas para influir sobre una localización específica en un momento determinado.

Sí, la especia, pensó Teresa.

—Tales herramientas, de conformidad con nuestro mandato, se refieren a la recogida y diseminación de la especia de azafrán.

Madre echó un vistazo a Teresa.

—Ante todo —continuó Madre—, para usar esas herramientas tenemos que colocarnos en el estado correcto.

A continuación, Madre echó un vistazo rápido a Alicia.

—¿Qué te parece nuestro hogar?

Alicia se encogió de hombros, insegura acerca del sentido de la pregunta.

—Bueno, no creo que sea un lugar normal.

La mayoría de las chicas se rieron. Abigail picó en broma a Alicia en las costillas. Madre también se rió y asintió con la cabeza.

—*¡Mais oui, bien sûr!*[6]

Tibby levantó la mano y Madre le hizo un gesto para que hablase.

—¿Este lugar es, de alguna manera, importante para el flujo de energía en esa red?

—Sí y no —replicó Madre sin vacilar—. Empecemos con algo incluso más cercano a casa: ¡tú! Nunca dudes de que esta energía, esta red de vida, surge a través de ti: recuerda que siempre estás profundamente conectada. No obstante, hacer que la energía sea colectiva es crucial. Si nos quedamos con la que tenemos, cada una con la suya, si la energía permanece individual, en ese caso no funcionará para ti. Debemos ponernos al servicio: ofrecerse es la única manera de mantener la energía en marcha. Entonces nos convertimos en canales para el *ingrediente especial* que es la especia. Pero debemos entregar una parte de nosotras mismas. Después

---

[6] En francés en el original: «Claro, por supuesto»

de todo la especia es la que te acepta: no eres tú quien la acepta.

Madre levantó el dedo para indicar que iba a decir algo de lo que todas debíamos tomar nota. El hondo silencio se hizo aún más profundo, y ni siquiera se podía oír el crepitar de las llamas en la estufa.

—Cuando estéis recolectando la especia del azafrán, puede que sintáis que la poseéis. Pero una vez que os acepta, ¡es ella quien *os posee*! Y a partir de entonces no os queda otra alternativa que servirla. Cuando llegue ese momento debéis estar dispuestas a elegir. Escogeréis una dirección y os entregaréis al proceso. Y si la flor del azafrán acepta otorgaros su especia, empezaréis a sentiros conectadas a algo que guiará vuestras acciones para siempre. Cuanto más profundamente os conectéis, más intencionalidad os llegará.

Tibby volvió a levantar la mano.

—¿Y qué pasa si la flor del azafrán no me acepta? Nunca he sido buena jardinera…

Esta vez todas se rieron y la pobre Tibby enrojeció de vergüenza. Pensaba que, después de todo, había hecho una pregunta razonable. Se volvió hacia sus amigas y puso cara de niña.

—Sí, me parece que en esta ocasión yo soy la loca.

—Todos somos locos —replicó Madre por encima del bullicio de las risas—, pero algunos somos locos conscientes.

Luego regresó el sonido del chisporroteo de la madera quemándose, como si se le permitiese volver al mundo… o, mejor dicho, al mundo de la Casa de Azafrán para Chicas.

CAPÍTULO QUINCE

~ No hay nada más noble que el reconocimiento
interior de dos almas ~

A veces los rituales matutinos podían ser divertidos. Todos los dormitorios de la planta compartían un gran cuarto de baño comunitario y las chicas se ponían a la cola, sonrientes, con los cepillos de dientes en la boca y las toallas sobre los hombros. En ocasiones había caras somnolientas, párpados caídos y rostros cansados; y casi invariablemente susurros… especulaciones… fantasías. Pero era una energía disciplinada y armoniosa. Desde muy pronto, Madre había dicho que no había formas fijas, ni fundamentalismos en la conducta: la única norma permanente era la armonía. Cada paso que se daba, había dicho una vez, debía darse con armonía. Pero Madre no había dicho nada acerca del cotilleo y las bromas ocasionales.

Las que ocupaban la misma habitación tenían que organizarse y limpiar su dormitorio. Cada mañana después de pasar por el cuarto de baño las chicas hacían sus camas y ordenaban sus habitaciones. Tibby era famosa por llegar la última y retrasarse en el cuarto de baño. Las demás chicas de su habitación, Abigail, Alicia, y Teresa, ya estaban acostumbradas a sus hábitos, aunque eso no impedía que le tomaran el pelo por ello. Tibby, con su cabello corto castaño, su cara redondeada y su dulce sonrisa podía hacer que cualquiera la perdonase.

—Tibby-la-llega-tarde acaba de entrar en la habitación —Abigail soltó una risita cuando Tibby le sacó la lengua.

—Mejor tarde que nunca —Tibby silbó o más bien lo intentó porque no era demasiado buena en eso.

—A menos que sea tu propio funeral —añadió Alicia.

—Si fuese mi propio funeral más bien llegaría tarde, muy, muy tarde: ¡más bien jamás!

Todas las chicas se rieron mientras seguían ordenando la habitación.

—De todas formas, puede que yo sea la última en volver del cuarto de baño, pero Teresa siempre es la última en hablar. Supongo que cada quien será el último en algo. ¿Qué pasa contigo, en qué eres la última?

Abigail se encogió de hombros.

—Puede que yo sea la última en saber de qué está hablando Madre.

—Bueno —interrumpió Alicia—, desde luego ¡yo soy la última en saber qué demonios está pasando aquí!

Abigail y Alicia se abrazaron sonriendo y se dieron un dulce beso en la mejilla. Tibby se acercó, puso sus brazos alrededor de ambas chicas y se unió al abrazo. Teresa permaneció sentada en su cama recién hecha. Reconoció algo especial en sus amigas. Eran familia; un vínculo más allá de la sangre, por encima del cuerpo carnal de la vida.

Teresa y Tibby estaban juntas en la biblioteca del edificio revisando tranquilamente una estantería de libros. Teresa ya tenía en sus manos varios libros que entregó a Tibby para que los sostuviese. Después de encontrar un par más de libros Teresa hizo una indicación de que ya era hora de irse. Dejaron la biblioteca y subieron al piso de arriba donde se situaba una de las grandes habitaciones comunitarias. El amplio salón estaba prácticamente vacío. Se dirigieron hacia un sofá y se sentaron, colocando los libros en una mesa baja.

—Deberías leer esto, te vendrá bien.

Tibby echó una mirada a su amiga Teresa.

—¿Por qué tenemos que leer tanto?

—Aprender es una habilidad.

Tibby torció el gesto.

—¡Pero yo he aprendido gimnasia y jardinería, aunque no soy demasiado buena en eso!

Teresa le dio una palmadita en el brazo.

—Todo es una habilidad que necesitaremos. Todo viene junto: cuerpo y mente. Hay determinadas maneras de pensar que nos ayudarán. Ya sabes, como poner vino joven en odres viejos.

—No somos viejas Teresa, solo tenemos catorce años.

Teresa suspiró y pellizcó a su amiga.

—Sabes que es una metáfora, asna boba.

Tibby se acercó y abrazó a Teresa.

—Esta asna tonta te quiere. Y cuando seas adulta y como Madre, todavía seguiré queriéndote incluso aunque me estés dando órdenes.

Teresa se echó atrás ligeramente.

—¿Por qué dices eso?

—Porque sabes que es así. Las cosas son, simplemente. Y tú eres quien eres o quien vas a ser.

—Tal vez, después de todo, no necesites estos libros.

—No, ¡tengo mi instinto! Pero… —Tibby escogió uno de los libros, se recostó en el sofá y comenzó a leer.

CAPÍTULO DIECISEIS

~ El recuerdo es uno de nuestros pasos mayores ~

El nuevo año había llegado de una manera espléndida; era el día de Año Nuevo, lucía un sol radiante y en el patio exterior se había preparado un bufé. Todas las chicas, pequeñas y mayores, estaban de un ánimo excelente. Era una buena señal para el año entrante. Muchas de las mayores cuchicheaban que iba a ser un año cálido, lo que quería decir que habría una buena cosecha de azafrán. Hasta el momento las lluvias habían sido moderadas, y ahora las manos del sol nutrían la naturaleza para un magnífico crecimiento. Para celebrar el Año Nuevo, como era tradicional, algunas de las chicas más mayores representaban una obra. El tema de este año era «Olvido y Recuerdo».

Dos chicas representaban al rey y a la reina. Teresa reconoció a Anna, su profesora de gimnasia, que hacía el papel de reina. Otra chica de pelo oscuro recogido por detrás actuaba de rey. Una narradora las presentó como una pareja real justa y respetada que vivía en un lejano reino de perfección. Tenían un hijo y una hija y todos convivían felices. Un día el rey hizo llamar a sus hijos ante sí y dijo: «Ha llegado el momento, como les llega a todos. Viajaréis lejos, muy lejos, a otras tierras a cumplir una misión. Debéis buscar, encontrar, y traer de vuelta una especia preciosa». Así que los dos hijos se disfrazaron de viajeros y fueron conducidos a una tierra extraña donde, según les dijeron, casi todos sus habitantes llevaban una oscura existencia. La narradora describió cómo el efecto de la tierra extraña fue tal que los dos niños, errando como adormecidos, perdieron el contacto entre sí. De tiempo en tiempo creían ver espectros, semejanzas de su propio país y tenues vislumbres de la especia. Las dos chicas que hacían de hijos de los reyes vagaban por el patio con pinta de perdidas y perplejas. Sus caras eran pálidas y fantasmales y sus actuaciones torpes. Todo era muy creíble. Y entonces su conducta cambió. Empezaron a reaccionar, a bailar por todas partes y a divertirse. Era como si hubiesen olvidado totalmente su misión. Luego se mostró y se narró que el rey y la reina recibieron noticia de la situación de sus hijos y se preocuparon. Hicieron llamar a una sirviente de confianza, una mujer sabia, y le dieron el siguiente mensaje para que se lo transmitiese a sus hijos: «Recordad vuestra misión, despertad de vuestro sueño, y permaneced juntos». La mujer sabia leal partió hacia el lejano reino en busca de los niños. Cuando los encontró les dio el mensaje, y al recibirlo despertaron de sus ensoñaciones. Con la ayuda y la guía de su sabia amiga se atrevieron con los desafíos y los peligros que se interponían entre ellos y la especia. Una vez conseguida, y gracias a su magia, pudieron volver de nuevo a su reino de paz y perfección, y vivir felices para siempre.

Después de terminar la función teatral todas aplaudieron y vitorearon. Al sol del temprano atardecer la representación había brillado como portentosa. Luego, una vez acabado el bufé y recogidas las mesas, sacaron al patio la acostumbrada silla de Madre. Al poco, apareció Madre con aspecto relajado, vestida con un simple manto blanco de lana, salió al patio, pasó por delante de las chicas y se sentó junto a una mesita con una tetera humeante.

—Lo haré breve para que no agarréis un resfriado, queridas mías. Sé lo que todas estáis pensando: hace un sol maravilloso ¿cómo podríamos resfriarnos? Pero a veces, si no estamos atentas, incluso la luz del sol puede engañarnos. Y es de estar atento de lo que quiero hablaros. A todas os ha encantado la obra de este año ¿no es cierto?

Todas asintieron atentamente.

—Bien, ¡a mí también! Y sé que vuestras pequeñas mentes inteligentes ya han averiguado que los niños de la obra somos nosotras. Somos las niñas, ahora y siempre. Se dice que antes de entrar en este mundo nuestras almas beben copiosamente del Río del Olvido, de manera que cuando nacemos no recordamos nada de nuestra misión. Algunos incluso dicen que tan pronto como sacamos al mundo nuestras cabecitas, un ángel las toca –¡boing!– en la parte superior y nos hace olvidarlo todo. Bien, bueno, vale: si no es un ángel será un río, o alguna otra cosa al respecto. Pero en este mundo la gente ha olvidado que todos vinimos aquí con una misión.

Madre hizo una pausa para beber un sorbo de su té. Miró atentamente alrededor del patio, como si tomase nota de cada una.

Teresa sintió, o supo, que era una pausa deliberada.

—Y —continuó— ahora mismo nuestra misión es ayudar a todos aquellos que, un vez más, han olvidado recordar. Necesitan el *ingrediente especial* que contiene la especia.

El día terminó bien. Todas estaban felices y contentas, si acaso un poco meditabundas. Tras la charla de Madre las cosas habían sido tranquilas, como si hubiese propiciado una caminata hacia los mundos interiores.

Tibby estaba sentada en la cama leyendo unos de sus libros. Alicia estaba sentada en la de Abigail peinando los largos cabellos rubios de su amiga. Y Teresa estaba echada boca arriba, descansando con los ojos cerrados y la mente peregrinando entre las estrellas.

Tibby levantó la vista de su libro.

—¿Te acuerdas de algo, Teresa?

Teresa mantuvo los ojos cerrados. Tibby repitió la pregunta, aunque sabía que Teresa la había oído a la primera.

—A veces… —susurró Teresa suavemente—. Es como si fuesen mis recuerdos, pero no lo son. Puede que cuando haces las paces con muchos de tus primeros recuerdos, se retiran y hacen sitio para que entren otros… ¿Te acuerdas cómo era estar bajo la arena?

Tibby cerró el libro y se quedó con la mirada perdida.

—Sí… —dijo tras una larga pausa, y eso fue todo. Todo lo que tenía que decirse.

Alicia reposó la cabeza en los hombros de Abigail. Un silencio descendió sobre la habitación y acarició delicadamente a cada una con sus dedos de reminiscencia.

CAPÍTULO DIECISIETE

*~ Donde no hay armonía no hay posibilidad de
comprometerse con lo esencial ~*

Los primeros meses de un nuevo año son siempre los más agotadores. La gente se inquieta, se impacienta esperando que los primeros brotes primaverales anuncien su llegada. Los días más cortos y las tardes más oscuras repercuten sobre los cuerpos y las emociones demasiado frágiles. Pocos son inmunes a las volutas de aburrimiento que holgazanean en los días de neblina y frío.

En cualquier sitio donde la gente se reúna, ya sea en un emplazamiento fijo o de camino, surgen situaciones donde observar el comportamiento humano. La vida es algo más que una simple galería de espejos: es un caballo centelleante de fragmentos astillados cada uno de los cuales muestra una imagen del todo. Incluso los temperamentos pasivos se crispan cuando se los roza durante suficiente tiempo.

La señora Aisha supuestamente presenció el enfrentamiento mientras cruzaba el patio de un ala a otra del edificio. Dos de las chicas mayores estaban discutiendo, con palabras como balas que eran muy desagradables y producían heridas allí donde antes no las había. Era un día de sombras. Se deslizaban hipócritamente, como usurpadoras, por los muros de piedra y a través de las grietas. En el salón comedor también había tensiones. Miradas pétreas e inflexibles acompañaban las hileras de estómagos hambrientos.

Era sábado cuando se convocó una reunión no programada de todas las chicas, independientemente de su edad. Se celebró en el mismo comedor: se retiraron las mesas y las sillas se dispusieron en filas. Alrededor de la sala, de pie como balizas, estaban las señoras, listas para transmitir sus señales hasta los lugares más alejados, más allá del alcance de las sombras. Madre entró en el comedor acompañada de su compañera de confianza la señora Aisha. Se sentó apaciblemente en su gran silla y esperó a que trajesen la tetera. En la sala había un silencio expectante y cargado.

Madre dio un sorbo de té.

A continuación habló para ser escuchada por todos los oídos.

—Estar aquí es un privilegio. No lo olvidéis ni os lo toméis nunca a la ligera. Estar en este grupo, y tener la oportunidad de trabajar juntas, es verdaderamente un honor. Cada una trabaja en pos de algo que es más grande que cualquiera de nosotras. En esta vida necesitamos regalos; sin ellos somos incapaces de seguir adelante. Estar aquí juntas es uno de esos obsequios, y la Casa del Azafrán para chicas se beneficia de esa donación de energía. Pero todo tiene su precio: no hay comida gratis, por así decirlo. Y uno de los precios es la necesidad de armonía. Donde no hay armonía no hay posibilidad de comprometerse con lo esencial. Es tan sencillo y tan importante como eso. No podríamos existir en este lugar, ni hacer lo que debemos, sin esa armonía especial que nos permite hacer nuestro trabajo y ayudar a otros. Recordad con claridad que lo que hacemos no es para nosotras mismas. No podemos –no debemos– ser egoístas. Perturbar la armonía que hemos establecido aquí es un acto de egoísmo. La armonía es lo que reúne las cosas en un alineamiento correcto, y facilita nuestro objetivo. Es una palabra que se escucha a menudo, y aún así es de suma importancia. Es a la vez muy poderosa y también muy frágil. Yace dentro de cada una y también opera entre nosotras. Queridas, sin armonía no podemos hacer prácticamente nada. Confiad en ello, confiad en vosotras mismas.

Madre termino su taza de té y se fue. Dentro de cada corazón de consciencia se había plantado otra semilla.

CAPÍTULO DIECIOCHO

~ La expresión genuina de una verdad no adopta una forma fija ~

A las otras tres ya las habían llamado; Teresa iba a ser la última. No había llegado a verlas después por lo que no tenía ni idea de cómo les había ido. A Teresa la habían mantenido esperando por separado, hasta que la señora Aisha llegó y le dijo amablemente que entrase.

Era la misma habitación de otras veces, sólo que ahora Teresa sintió una atmósfera diferente. En la mesita pequeña estaba el cuenco de cristal. Al otro lado de la mesa estaba sentada Madre. Al entrar Teresa, sonrió dulcemente y le hizo señas de que se sentara.

—Te digo lo mismo que a tus amigas: esto no es un

examen. Los exámenes son para quienes esperan determinados criterios. Aquí buscamos reconocimiento. Todo lo que haces es reconocer dónde estás; cada vez que te observas a ti misma ayudas a tu propia preparación. Ahora, tómate tiempo: sabes lo que hacer.

—Si no estoy lista ya, no lo estaré dentro de cinco minutos —Teresa habló con calma, con voz de las-cosas-son-así. Después sin titubear se echó hacia delante, levantó la tapa del cuenco y la colocó al lado en la mesa. Y a continuación, volvió a levantarla y la recolocó sobre el cuenco.

Madre asintió con la cabeza reconociendo el silencio.

—Tienes el buen juicio de no engañarte a ti misma. Cada una tiene su manera. Algunas necesitan tiempo, otras granadas.

Teresa puso cara de sorpresa. Madre echó una risita e inesperadamente se puso de pie y se dirigió a la ventana. Teresa observó con qué elegancia y agilidad se movía y, a su vez, se levantó y siguió a la vieja señora hasta la luminosidad del ventanal.

—Aquí, donde estamos, hay mucha luz. La luz es buena para nuestro trabajo. Nuestra casa no es una catedral majestuosa pero aún así deja entrar buena luz.

—Me gusta esto. Siempre me ha gustado. El hogar está donde está el corazón, ¿verdad?

—Sí, el corazón y muchas cosas más. Pero eso es, verdaderamente, un buen comienzo. ¿Qué tal van tus lecturas de estudio?

Teresa no se esperaba esa pregunta.

—Mmm, interesantes. No entendí por qué al principio todas teníamos que leer ciencia-ficción. Me parecía raro... pero ahora lo disfruto. Me hace cavilar.

—Exactamente —Madre le hizo un guiño pícaro—. ¿Y ahora?

—Bueno, ahora, desde que empezamos a leer a algunos de los clásicos es menos divertido. De momento estamos leyendo a los grandes, el largo libro sobre el infierno de Dante. Es trabajoso.

Madre pareció asentir con aprobación.

—Sí, ahora estáis leyendo diferentes materias. Pero considera lo que vincula todos esos temas: el viaje de Dante por el inframundo para encontrar a Beatriz; Ulises volviendo a su hogar junto a Penélope guiado por Atenea; Teseo siguiendo el hilo de Ariadna por el laberinto de Creta; y la búsqueda medieval del Santo Grial.

—Sí, esos viajes mantienen mi mente en marcha: después de cerrar el libro, las imágenes aún siguen en mi cabeza.

—Esa es la razón por la que leemos esos libros. Teresa, el siguiente paso para la recolectora de azafrán es tener mayor acceso al mundo de la imaginación creativa. Cuando esparcimos la semilla del azafrán, lo hacemos entre dos mundos. No operamos sólo en un mundo, en una realidad; si lo hiciéramos la flor no tendría ninguna propiedad especial. En la semilla se infunden las características procedentes de otro dominio de las formas: una esfera más pura. La recolectora de azafrán actúa como un puente para que dicha infusión se produzca.

Se hizo un silencio. Teresa miró por la ventana a los campos que se extendían a lo lejos. Luego se volvió hacia Madre que estaba de pie junto a ella.

—¿Y entonces la imaginación creativa es el primer paso para combinar ambos mundos?

Madre asintió.

—Ahora quiero darte algo.

Se alejó y entró en una habitación adyacente seguida de Teresa.

Teresa nunca había estado allí. Era una de las estancias privadas de Madre, un cuarto estrecho. Y se sentía calor: incluso las frías piedras de los muros y el suelo le daban a Teresa una sensación de calidez. También daba la impresión de ser bajo, lo que tal vez se debiese a que todos los muebles eran pequeños y estaban pegados al suelo. Un mueble con dos estanterías llenas de libros recorría por abajo una de las paredes. Colocados encima de la librería había cuencos tallados con formas extrañas, algunos con cadenas. En la pared opuesta colgaba un luminoso tapiz con intrincados diseños. Al fondo del estrecho cuarto había cojines colocados en el suelo. Era una habitación simple. Sin duda, pensó

Teresa, también tenía un propósito claro.

Madre se acercó a la librería y seleccionó un delgado libro. Dándoselo a Teresa dijo:

—Aquí tienes, léelo. Practica los ejercicios y trabaja con la visualización.

Y acercándose, puso sus manos en torno a la cara de Teresa. Madre se aproximó aún más y le susurró algo a la oreja.

Tibby saludó a Teresa desde el otro lado de la puerta acristalada y ésta, contenta de ver a su mejor amiga, se le acercó rápidamente entrando en uno de los patios laterales. Tibby abrazó a Teresa y le dio un beso de alegría en la mejilla.

—Bien. ¿A qué se debe tanta felicidad? —preguntó Teresa riéndose.

—¡Lo hice! Por supuesto que lo conseguí.

Teresa vaciló, y luego cayó en la cuenta.

—Ah, sí, claro, hiciste lo de la tapa del cuenco de cristal.

—Mais oui, bien sûr,[7] —contestó Tibby haciendo un mohín. Las dos se rieron.

—¡No dejes que Madre te escuche o te vea haciendo eso!

Tibby sacó la lengua y Teresa no pudo contener una risita.

---

[7] En francés en el original: «Pero claro, por supuesto»

—¿Y luego? —Teresa pensaba que a Tibby también le habría dado un libro para estudiar.

—Bueno…después me dio algunos deberes nuevos para empezar…

—¿Cuáles? —preguntó Teresa algo sorprendida.

—¡Más jardinería! —dijo Tibby riéndose. Y apuntó hacia donde había estado trabajando abajo, en el pequeño jardín junto al patio.

Teresa no había visto el desplantador ni se había dado cuenta de que Tibby sostenía en las manos un par de guantes.

—Y también me susurró algo.

Tibby se acercó más a Teresa y llevó la boca hacia su oreja, casi tocándola:

—La expresión genuina de una verdad no adopta una forma fija.

Tibby dio un paso atrás y miró a Teresa.

—¿Y tú? También hiciste lo de la tapa de cristal, ¿verdad?

Teresa asintió con la cabeza y guiñó un ojo.

—¿Y algo más?

Teresa se encogió de hombros:

—Sólo un libro.

CAPÍTULO DIECINUEVE

~ Estamos aquí para impulsar a otros a cambiar ~

Era el día de la carrera. Todas las chicas, con sus ropas de abrigo, se alineaban para la Carrera Anual campo a través del Azafrán. La mañana había comenzado con una neblina baja que revestía los campos. Había tres rutas según las tres categorías de edad: 7 a 12, 13 a 18, y mayores de 18 años. A ninguna chica menor de siete años se le permitía participar. O, como a Madre le gustaba decir: *todo depende del momento y de las granadas.*

La carrera siempre era agotadora. Impulsaba a las chicas a hacer esfuerzos físicos extraordinarios, a los que no estaban acostumbradas. Y las chicas sabían que no había un premio para la ganadora, porque no había ganadores ni perdedores, sólo participantes. La participación era el hilo de oro que las reunía.

Y luego habría una fiesta con bocadillos, tartas y delicias especiales. Las chicas estarían fatigadas y, aún así, después de correr el cansancio se transformaría en una energía increíble. La fiesta del día de la carrera siempre era un acontecimiento energizante, con las chicas discutiendo los detalles de la carrera: las partes difíciles, las divertidas, si habían corrido con o contra las otras, y todo lo demás. Como la carrera era para participar en lugar de para ganar, precisamente el asunto en cuestión era *cómo* intervenía cada chica. Todo era cuestión de actitud y buenos modales.

La Casa del Azafrán para chicas era un microcosmos del resto del mundo; las chicas supieron enseguida que cuando fuesen mayores lo más probable es que saliesen y regresasen allí. Normalmente sucedía alrededor de los veinticinco años, aunque algunas chicas se quedaban más tiempo y otras se iban inesperadamente pronto. Y unas pocas se quedaban para siempre, convirtiéndose en las señoras que manejaban la casa. A menudo circulaban rumores entre las chicas, sobre todo entre las mayores: ¿quién será la próxima en irse? ¿A dónde se la enviaría? Era raro que ninguna de ellas se quedara para compartir la noticia. Tan pronto como se escogía a una chica y se le pedía que se fuese, lo hacía de inmediato y no volvía a hablar con sus amigas. Pero en lo que todas las chicas estaban de acuerdo era en que indudablemente *se las enviaba* a algún lugar. No se limitaban a irse un buen día y vagabundear. Y por tanto las chicas sabían que en algún sitio, allí en el mundo, en lugares insospechados, había recolectoras de azafrán ocupándose de cosas que era improbable que la gente llegase a saber nunca.

En la tarde del día de la carrera todas las chicas se reunieron para una charla de Madre. Era una de las escasas ocasiones en las que Madre hablaba colectivamente para todas, una de sus pláticas anuales en las cuales siempre se seleccionaba un tema. La energía del día generaba un murmullo entre todas las chicas. También era el día que marcaba el comienzo de la primavera, y aquello era suficiente para entusiasmar los corazones de las chicas hartas del invierno.

Resultó ser un atardecer templado, así que se dispuso que la charla fuese fuera, en el patio principal de ejercicio. En esta ocasión, para muchas chicas resultaba difícil esconder su entusiasmo. Mientras esperaban la llegada de Madre estaban un tanto inquietas.

Como siempre, Madre sabía cómo utilizar el arte de elegir el momento oportuno. Con frecuencia aparecía cuando menos se la esperaba, y retrasaba su aparición cuando la expectación era mayor. Puede que el tema fuese la paciencia. Cuando por fin la impaciente energía colectiva de la reunión se hubo aquietado hasta la aceptación, apareció Madre y se sentó con calma en su silla. Esperó pacientemente a que trajeran su tetera; luego dio un sorbo a su taza, mirando atentamente a los rostros frente a ella. Un destello brillaba en sus ojos.

—Hoy es oficialmente el primer día de la primavera. También podríais decir que señala el verdadero comienzo del año. Es significativo porque marca el momento de esparcir las semillas en la naturaleza y de que en el mundo natural se ponga en marcha la transformación anual. El mundo natural tiene sus ritmos y nosotras los nuestros, sus formas y nosotras las nuestras. Y esas cosas que aparentemente se oponen a menudo están trabajando en armonía. Detrás de las aparentes contradicciones suele residir la verdad más grande de la conciliación. Esta armonía, este trabajo al unísono, crea otra fuerza: la de la transformación, sobre la que quiero hablar hoy. La transformación no es un camino pasivo. No pide soledad o una vida de tranquilidad: requiere que seáis guerreras en el sentido interior. Si deseáis liberaros de la obligación y del trabajo, buscad vuestro santuario en otro lugar. Conmigo, sois agentes contagiosos de una nueva fuerza. Estamos ocupándonos de la situación actual de la humanidad y del planeta y hay fuerzas hostiles a nuestros objetivos. Tales fuerzas nunca abandonan su poder voluntariamente: a menos que sean obligadas a ello. Estamos aquí para impulsar ese cambio; para impulsar a otros a cambiar. Cuando trabajamos con la especia nos conectamos con ella. Nos comunicamos y establecemos una correspondencia. Igualmente, la flor del azafrán, durante su periodo de crecimiento ha estado en relación con ciertas fuerzas de la naturaleza, del sol, del planeta y las estrellas. Todas estas influencias forman una mezcla especial en la flor del azafrán. Y su especia, cuando se mezcla con el ser interno de la persona *correcta*, se convierte en un ingrediente para la transformación. Entre la especia y la recolectora de azafrán hay un potencial de correspondencia, que es la del Ángel de Fuego, el río de oro interior que fluye desde las estrellas hasta nosotros. Es una energía que nos irradia y nos anima. Quien trata con la especia del azafrán debe establecer contacto con su ser psíquico, esa parte interior que siempre influye en la personalidad exterior de la persona sin su conocimiento. Para cultivar el ser psíquico tenemos que estar atentas y prestarle oídos con absoluta y genuina sinceridad; debe estar en vuestros mundos de imaginación creativa cada segundo de cada minuto.

Algo en el interior de Teresa se estremeció al escuchar aquella frase. Lo reconoció de inmediato: sus sentidos parecían acrecentados, como suscitados para estar más alerta, más vivos. Pensó que podía sentir el cosquilleo de energía a su alrededor, como si todas estuviesen dentro de algún campo brillante efervescente. Teresa sintió que era una energía protectora, algo tan fuerte y aun así casi imperceptible.

—Si huís de este mundo —continuó Madre— y de vuestras responsabilidades en él, abrís la puerta para que las fuerzas adversas entren en tromba. ¡No lo permitáis! De igual modo, no os opongáis con debilidad a las fuerzas negativas. Es como soplar sobre una flor: sólo sirve para extender aún más sus semillas. La buena voluntad aislada no es una fuerza eficaz para la transformación. Se requiere la aplicación de la intención consciente y el poder personal de manera correcta y cuando sea necesario. Con la intención consciente podéis haceros cargo de todos los impactos y el ruido que proceden del exterior. Es un trabajo muy físico que puede ocupar la totalidad de la consciencia y la percepción consciente de una persona. Para afrontar correctamente el procesamiento y la neutralización de los impactos exteriores la persona debe haberse transformado. Una persona transformada también es más capaz de trabajar con las propiedades de la transmisión y la diseminación y puede impulsar un gran cambio en el planeta de acuerdo con la necesidad y la función, en tanto que un millón de personas no transformadas no pueden hacer nada. Imponed el cambio en vosotras y dad un paso hacia vuestro destino.

Madre miró hacia arriba cuando el primer brillo estelar

empezó a aparecer.

—Y que una estrella os guíe en vuestro camino.

Ya era hora de entrar dentro.

CAPÍTULO VEINTE

*~ Cada una de las que estamos aquí ingresa en el mundo
como un libro que no es necesario leer en voz alta ~*

La señora Pym miró a las chicas desde el otro lado de la cocina. Como un reflector, su rostro redondeado irradiaba atención. Para algunas chicas, lo que incluía a Teresa y a sus compañeras de habitación, era día de limpieza. Mientras lavaban las ollas y las sartenes en la cocina varias de ellas bromeaban entre sí. Teresa también notó que Alicia y Abigail estaban de muy buen humor esa mañana. Pero ninguna voz se percibía mejor que la de la señora Pym. Sus tonos bajos mantenían el control sobre las actividades, pero tan pronto como alguien levantaba la cabeza veía el rostro amable y simpático de cabellos grises de la guardiana de las cocinas. Su gran voz iba acompañada de unos ojos atentos y centelleantes y una boca que parecía estar continuamente al borde de romperse en una radiante sonrisa.

Tibby dio un codazo en las costillas a Teresa.

—Eh, después vamos a escabullirnos y a recorrer los senderos. Podemos trepar a nuestro árbol favorito. ¡Puede que tengamos suerte y caiga una tormenta!

Teresa le devolvió el codazo alegremente.

—Eres de lo que no hay, Tibby; nos vas a meter en un lío. Eres como el diablillo que se sienta en mi hombro.

Tibby soltó una risita.

—Mejor yo que cualquier ogro oliendo a ajo.

—¿Qué chismorreáis vosotras dos? Parecéis dos gallinas conspirando para escapar de la granja —la señora Pym se acercó y tamborileó con los dedos en la mesa de trabajo de la cocina.

—Mmm, bonito y limpio. Las dos hacéis algo más que cacarear como gallinas, ¡realmente fregáis!

—Algo más que una cara bonita, señora Pym —dijo Tibby sonriendo.

—Sí, y eso es importante, querida mía. La cara es para el mundo, pero aquí nosotras trabajamos con lo que está debajo.

—Entonces, ¿por qué las tareas de cocina forman parte del trabajo con lo que está debajo?

La señora Pym dio una palmadita a Tibby en el hombro.

—Deberías preguntar a tu amiga acerca de eso.

Tibby miró a Teresa que estaba de pie al otro lado de la señora Pym.

Teresa asintió con la cabeza en reconocimiento.

—Disciplina.

La señora Pym sonrió aprobadoramente.

—Ella recuerda. En efecto, no hay disciplina interior si no la hay afuera.

Tibby esbozó un mínimo fruncimiento de ceño.

—Lo sé, querida. Hay ciertas cosas que puede que no te gusten, pero no estamos aquí únicamente para satisfacer nuestros dulces deseos.

—Cuando más tiempo llevo aquí menos claras se ponen las cosas.

—Estás aquí, querida. Estás *aquí*. Siempre se trata de dónde está *cada una*. Todo tiene que llegar a través nuestro, debe funcionar a nuestro través. Madre dice que cada una de las que estamos aquí ingresa en el mundo como un libro que no es necesario leer en voz alta. La sabiduría no está en las páginas de un libro sino en nuestra presencia. Y la gente nos leerá de muchas y variadas maneras.

La señora Pym miró con simpatía a Tibby.

—Y esa es la razón por la que un día tú, y otras como tú, debéis volver al mundo, a estar en él.

La cara de Tibby había cambiado a una de seriedad

tranquila.

—A mí realmente no me importa limpiar las cocinas.

—Lo sé, querida. Lo sé.

El encuentro nocturno fue inesperado. Las chicas mayores no solían frecuentar a menudo los corredores donde estaban Teresa y sus amigas. Pero aquella noche cuando Teresa iba camino de su dormitorio vio que Anna venía hacia ella; era alta y esbelta, e idónea para ser su profesora de gimnasia: había enseñado a Teresa y a las demás durante muchos años; era casi como si fuese una hermana mayor, excepto que las relaciones entre Anna y sus estudiantes siempre eran de respeto más que de hermandad. Cuando estaban a punto de cruzarse Teresa sonrió a Anna, pero ésta en lugar de seguir andando se detuvo.

—Buenas noches Teresa.

—Hola, Anna. Es una agradable sorpresa verte.

—Agradable, sí, aunque por mi parte nada sorprendente

Teresa ladeó la cabeza casi imperceptiblemente mientras consideraba el comentario.

—¿Esperabas encontrarme?

—En esta ocasión, absolutamente. Ven, vamos a dar una vueltecita.

Anna anduvo lentamente a lo largo del corredor con Teresa a su lado, dos chicas de edades y alturas diferentes. Llegaron a un amplio ventanal que debajo tenía un banco acolchado. Anna se sentó y esperó a que Teresa se le uniese.

—Aún no lo ves, pero mira con atención.

Teresa siguió la dirección de la mirada de Anna que observaba la pared embaldosada al otro lado. En el gran edificio había muchas paredes cubiertas de mosaicos, junto con tapices e imágenes.

—A veces no vemos aquellas cosas que están justo enfrente de nuestros ojos.

Teresa volvió a mirar a los azulejos de colores dispuestos en un diseño geométrico.

—Esta pared en concreto está hecha de cuatro mil noventa y seis piezas individuales. Y sin embargo no revela fácilmente su función. Mitiga tu enfoque.

Teresa dejó que sus ojos se aflojaran y se desenfocaran. Al poco, de los colores de los azulejos empezó a surgir una imagen: un diseño que transmitía una imagen convergió… y con ello surgió una comprensión, un sentido total y completo. Y entonces Teresa entendió. Se volvió hacia Anna y la miró; sabía que ella había entendido el mismo mensaje, y también que era eso lo que había querido transmitirle.

Anna asintió con la cabeza.

—Sí. Cuando se tiene la comprensión no es necesario expresarla con palabras que sólo distorsionan la transmisión y hacen perder parte del significado. Pronto serás una de las recolectoras de azafrán y entonces también se te encargará la transmisión. Nuestro objetivo es difundir sin distorsión, es decir, no permitirnos modificar lo que llega a través nuestro. Es muy difícil no interponerse en el camino de la comprensión, pero ese es nuestro trabajo, lo que debemos hacer. La transmisión debe sembrarse en un momento determinado y en localizaciones específicas. No hay elecciones arbitrarias. La verdadera transmisión es más como una ciencia: al igual que en un laboratorio se aplica el calor apropiado a la mezcla correcta de elementos. Pero nuestro laboratorio es el mundo.

—Y nuestros elementos son...

—Sí. Exactamente —Anna no dejó que Teresa terminase la frase. En cualquier caso no era necesario: ambas habían entendido.

Anna se volvió hacia Teresa y la atrajo hacia sí. Acercó su cabeza para tocar la de Teresa y durante un breve momento se mantuvieron así, frente contra frente. Luego Anna se alejó lentamente.

—Siempre está la conexión, sin ella no habría vida. Desconectarse de ese engarce es hacerlo de la energía de la transformación. Todos estamos conectados, solo que la mayoría de la gente no se da cuenta de ello. Sin la transmisión se marchitaría como una flor sin sol o sin lluvia. Estas cosas son responsabilidad nuestra.

Anna se puso de pie y enderezó su vestido.

—No se nos debe ver juntas de nuevo. Ahora tengo veinticinco años y, como otras antes de mí y las que aún tienen que llegar, me voy. Pronto llegará la primavera. Seguimos, como siempre conectadas.

Teresa siguió sentada en el banco mientras Anna se perdía de vista.

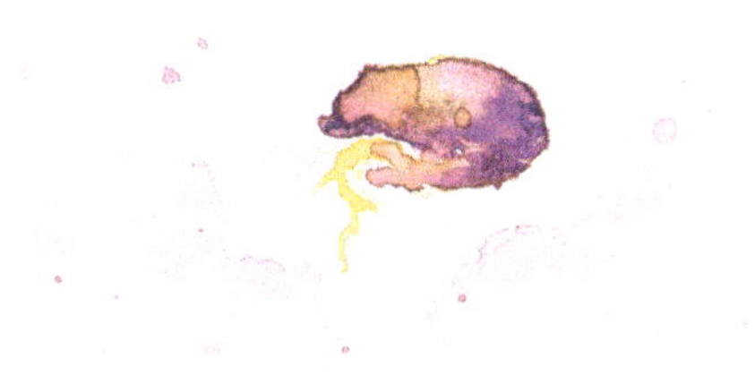

CAPÍTULO VEINTIUNO

~ Tú eres la especia del azafrán ~

La renovación de la primavera llegó a tiempo. La luz tenía una intensidad más fuerte: era más nítida y más clara. Dieciséis chicas estaban sentadas en círculo alrededor de Madre en uno de los patios más pequeños. El sonido del agua brotando de una fuente llenaba el aire de la mañana. Se podía oír el gorjeo de unos cuantos pájaros que pasaban revoloteando en juguetonas parejas. Al sentarse en su silla, con los ojos cerrados y la cara serena, un rayo de luz cayó sobre el regazo de Madre. A continuación miró largamente a todas las caras juveniles sentadas frente a ella.

—La primavera es un tiempo especial y se hace aún más singular cuando tengo a mis chicas sentadas frente a mí. Os convertiréis en el próximo turno de recolectoras de azafrán. Pero antes de cosechar se debe sembrar: si no se ha sembrado no habrá nada que recoger. El próximo mes plantaréis lo bulbos; y en otoño los recolectaréis. Entre ahora y el otoño tendremos que reunirnos regularmente. Ahora estáis listas para sembrar las semillas pero aún no para la recolección: debo prepararos para ello. Eso es lo que hace Madre.

La señora Aisha entró en el patio con una gran tetera y una taza en una bandeja. Tras ella llegó la señora Pym con una bandeja más grande con dieciséis tazas. Madre tomó la tetera con elegancia y sin aspavientos llenó con el té caliente cada una de las dieciséis tazas; la suya fue la última.

Teresa se llevó su taza a la nariz, olió el aroma caliente y reconoció de inmediato el perfume de jazmín. Cerró los ojos y tomó un sorbo. Todo su cuerpo sintió la cálida comunión. Todas bebieron en silencio, como si reconociesen entre ellas un bautismo sin palabras. Pero por dentro, profundamente, en su propio lugar silencioso, Teresa sabía que ya había sido bautizada por Madre.

Cuando se vaciaron las tazas la señora Pym las recogió y se fue en silencio. Sus movimientos daban a entender que había hecho esto muchas veces, a lo largo de muchos años, y que todo estaba como debía.

Todos los ojos y los corazones se volvieron hacia Madre.

—Todas estamos hechas de luz. Cuanto más profunda es la oscuridad en el mundo más luz se necesita. Parte de esa luz la da el sol y se refleja aquí sobre la tierra. La mayoría de la gente sólo conoce esta luz: tiene sus usos pero no es la más grande. Hay otra luz que procede de nuestro recóndito interior y resplandece desde una estrella diferente. Es de la que estamos más necesitados. Como peces en la profundidad de los océanos donde la luz no alcanza, hay lugares en los que se debe captar esa luz grandiosa: traerla al mundo, a nuestra vida cotidiana, es una responsabilidad. Como una semilla, el despliegue comienza profundamente en nuestro interior: es parte de la presencia femenina escondida que nutre y mantiene los diseños invisibles de nuestro mundo. Cuando podemos percibirla, también advertimos que todo en la vida está conectado a ella, y podemos dejarnos sumergir en el Gran Misterio. Y una vez inmersas, tenemos que estar dispuestas a que se nos desmantele, una y otra vez, hasta que finalmente vayamos más allá de quienes pensamos que somos. Entonces dispondremos de la habilidad de estar tanto presentes como ausentes. Estar presentes en este mundo y, aún así, desplazarnos también a *otro lugar*, nos permite sintonizar con lo que se debe hacer aquí, en la vida cotidiana. Es una conexión que ha mantenido el mundo desde que el género humano puso su pie por primera vez sobre el suelo de la tierra. Y lo que nosotras hacemos sólo se puede hacer mediante una *cualidad* femenina muy especial y exclusiva. Esta cualidad de conexión es el poder que entreteje nuestras esperanzas y nuestras vidas. Es un camino, un sendero para nosotras, que requiere sinceridad. Si no eres verdaderamente sincera contigo misma y con *Ella* entonces no puedes recorrerlo. Habrá obstáculos que seguirán apareciendo y sólo la sinceridad despejará el camino. El amor fluye a través del vaso de la sinceridad.

Ese día había llegado una energía diferente impregnando el patio donde todas las chicas estaban sentadas. Las había recogido a todas juntas y las había fundido en una sola. Volviendo la vista atrás a aquel momento, Teresa supo que todo había comenzado realmente en aquel instante, con esa charla. Y Teresa recordó las palabras finales de Madre aquel día…

—Cada una de vosotras se convertirá ahora en la especia del azafrán. El secreto, si hay alguno, es éste: la especia y vosotras sois una y la misma cosa. Así ha sido y así será siempre. Éste es el camino de la recolectora de azafrán. Bienvenidas a la nueva primavera de vuestras vidas. Bienvenidas a vuestro hogar.

ESPECIA

La especia del azafrán combina las cosas: añade algo especial a lo que ya existe para crear otra cosa, algo diferente de lo que había antes. La especia es un catalizador. Sabe cómo tomar lo que estaba previamente y mezclarlo de nuevo.

CAPIÍTULO VEINTIDOS

~ *Si trabajas sólo para ti misma, te limitas* ~

eresa hundió las manos profundamente en el suelo. Alzó cuidadosamente los bulbos de azafrán y los colocó en su lecho, quince centímetros por debajo de la superficie del suelo. Volvió a zambullir las manos en el terreno y diez centímetros más allá colocó otro bulbo de azafrán en el fondo de la tierra. Cada bulbo estaba a su cuidado. Cada minúscula planta se convertía en una extensión de ella misma. El sol esperaba arriba para abastecer el calor necesario. Teresa rememoró la vez que Madre la había plantado a ella debajo de la tierra. Su guía había sido como el calor del sol. Ahora Teresa sabía por qué lo había hecho. Todo formaba parte del proceso de desarrollar la conexión, la *comunicación*, con el azafrán. A menos que se tuviera la experiencia, no se podía saber verdaderamente. Teresa sonrió para sí misma al recordar una de las anécdotas de Madre...

—Un día, un hombre se cayó del tejado de su casa y su mujer llegó corriendo: «Oh, llamaré a un médico de inmediato». «¡No! No llames a un doctor», replicó el hombre. «¡Llama a alguien que se haya caído antes del tejado!». Teresa se rió por lo bajo. Sí, pensó, así es exactamente.

Las dieciséis chicas estaban afuera en los campos, cada una asignada a sus lechos de plantación correspondientes. Había muchos bulbos de azafrán que plantar. *Muchos que sembrar para tan poca especia.* El crocus de azafrán tiene pequeñas florecillas de color lila, hermosas de ver. Pero su función real es ser los vasos maternales para la especia íntima. Algo más grande contiene lo más pequeño: lo mayor no es sino la cara exterior de la esencia. *A la gente le gustan las bonitas flores lila, pero rara vez se siente atraída por la especia.* Las palabras de Madre resonaban en su cabeza mientras Teresa plantaba los bulbos de azafrán. Los plantó de uno en uno, uno tras otro, muchos; cada uno diferente y el mismo. Era un trabajo duro, afuera en los campos desde la temprana aurora. Y aún así Teresa reconocía que en esos momentos no quería estar en ningún otro lugar. Estaba en el sitio correcto, en el momento apropiado, y haciendo lo debido. Y este reconocimiento, este saber, impregnaba todo sus ser. Entonces se acordó de otra de las frases de madre: «la verdadera libertad es no tener elección». Y ahora, por fin, tenía sentido.

El día era largo y el cuerpo sentía las tensiones del ejercicio físico. Teresa también se sentía eufórica con el trabajo y lo notó también en las demás chicas. A través del agotamiento el cuerpo se había impulsado a un estado de regocijo. A lo largo del día se había hablado muy poco, sólo durante las necesarias paradas para descansar y tomar algo. Había entre ellas una sensación tácita de comunión. Era como si cada chica sintiese el estado de las demás; de hecho estaban compartiendo la misma experiencia.

Juntaos, existid a través del grupo. Lo primero que debéis recordar es que vuestros propios intereses individuales no son el objetivo. Si trabajas sólo para ti misma, te limitas. Deber permitir que aquello que carece de nombre y no obstante conoce todos los nombres te utilice... las palabras fluían en la mente de Teresa mientras se echaba en su cama para dormir.

Teresa vio a Madre en sueños. Mientras dormía se vio a sí misma caminando por una calle desconocida. No se sentía perdida, aunque no sabía dónde estaba ni a dónde se dirigía. Teresa se volvió para mirar un escaparate y allí estaba Madre, de pie frente a ella sonriendo.

—¡Oh, encantada de verte! —Madre se acercó y estrechó con fuerza las manos de Teresa entre las suyas. Y empezaron a caminar juntas de esa manera, con las manos entrelazadas—. Madre, sé que esto es un sueño, pero tengo que preguntarte si estoy haciendo lo suficiente. ¿Estoy avanzando?

Madre siguió estrechando con fuerza las manos de Teresa. Su presencia y energía eran tan íntimas, tan cálidas.

—¿De verdad necesitas preguntármelo? Tú tienes las respuestas… busca las raíces.

Cuando Teresa abrió los ojos aún era de noche. Todavía no había amanecido. Aún estaba oscuro y sin embargo ahora la noche se acercaba al día. Teresa, echada en la cama en silencio, sintió que una ligera vibración le recorría el cuerpo. Algo zumbaba en el interior de su cuerpo… como un ligero susurro. Teresa cerró los ojos y se habló internamente a sí misma.

Para cuando abrió los ojos ya había movimiento en la habitación. Las otras chicas se estaban preparando para comenzar temprano. Un día más de plantación ante ellas: era el segundo de un total de tres días de labor física intensa.

Durante los tres días no hubo signo alguno de Madre. Se dejó que las chicas se concentrasen en su trabajo. Pero Madre estaba presente en todos sus pensamientos, en cada momento de concentración y atención. En esos días la mente estaba trabajando tanto como el cuerpo.

Constancia y persistencia... la ignorancia no se cura adoptando los métodos más fáciles...

Teresa evocó un momento en el cual una tarde, después de la clase de gimnasia, estaba sentada con sus amigas escuchando una charla de Madre. Teresa podía recordar bien las palabras de Madre; muchas veces había vuelto a visitar este recuerdo, esas palabras, su significado, que la conmovían profundamente. Habían llegado a convertirse en parte de ella...

—...Cada flor tiene su esencia y su cualidad únicas. Una flor puede tener la esencia de la timidez, el gozo, la riqueza, la melancolía o la dignidad. La flor de azafrán tiene una esencia muy especial, y debéis encontrarla. *Si podéis encontrar la verdadera esencia de la flor de azafrán debéis decírmelo. Si así lo hacéis un gran secreto se revelará.* Observando cómo fluye su color podéis conocer la esencia de una flor. Por ejemplo, amarillo tirando a verde simboliza una «esencia mental» en la flor. La belleza de las flores reside en que no engañan, no intentan mentir o confundir a otros. Y lo mejor de todo es que no se engañan a sí mismas: son exactamente lo que son. Literalmente exhiben su esencia para que todos la vean: nosotras, los pájaros, los árboles, y toda la naturaleza. Son exactamente lo que son. Viven en su esencia. Podemos aprender mucho de ello. La gente se rebela contra su naturaleza esencial, lo sepan o no. La gente puede decir miles de cosas, o sólo una, y aún así cada vez que habla se distancia de lo esencial. ¿Quién soy? ¿Cómo puedo conocerme más y convertirme en mejor persona? ¿Cómo me desarrollo?… ¿Qué significan estas cosas para la persona común? Son conceptos abstractos, como mucho ilusiones. Pero son preguntas esenciales, pasos que uno da para moverse hacia el conocimiento de la propia esencia. Si no se realizan, el resto de lo que hagamos en la vida es sólo un fragmento de lo que somos realmente. Observad las flores y aprended de ellas.

Teresa hundió de nuevo sus manos en la tierra, en el alma. Deseaba entender la esencia de la flor de azafrán con tanta profundidad. Imaginó que un día ella susurraría aquellas palabras al oído de Madre.

CAPIÍTULO VEINTRITRES

~ El acto de dar beneficia de conformidad con la
consciencia del donante ~

Después de terminar de plantar, las chicas descansaron durante un día. A pesar del ejercicio físico dentro del grupo había una sensación de energía vibrante. Las dieciséis chicas estaban en cuatro habitaciones, una de las cuales era la que Teresa compartía con Tibby, Alicia y Abigail. Entre los cuatro dormitorios había una nueva intimidad, como si la plantación las hubiese reunido de una manera tácita. Sentían que habían compartido algo único; algo no dicho pero entendido… algo más allá del compartir cotidiano del cuarto de baño.

Al día siguiente se avisó a todas las chicas de una reunión

con Madre. Eran demasiadas para caber en sus estancias privadas así que se les pidió que fuesen a una sala de estudio contigua a la biblioteca. Cuando llegaron vieron la silla de Madre, con las consabidas mesa y tetera ya preparadas.

—Gracias a todas por venir. Sé que debéis estar cansadas después de trabajar en los campos. No obstante, estoy segura de que en vuestro interior todavía tenéis suficiente energía.

Madre sólo exhibió una levísima sonrisa, pero para Teresa era obvio que sabía exactamente como se sentían. Teresa también se preguntó si Madre podía sentir la vibrante energía que había entre ellas. Desde luego, debía ser evidente.

—Como todas podéis sentir —continuó Madre—, hemos entrado en una nueva fase. Previamente, celebrábamos nuestras reuniones los martes y los jueves después de la clase de gimnasia. No seguirá siendo así: las reuniones serán para quienes os siguen, que os emularán. Pero la ola se desplaza a lo largo de la orilla y nos trae adonde ahora nos encontramos. Hemos plantado y lo que ahora os espera es prepararos para la recolección. Estamos en primavera y la cosecha llega en otoño. Si este año os vais a convertir en recolectoras de azafrán, hay poco tiempo y mucho que procesar. Así que ahora comienza una serie de lo que yo llamo las «Reuniones de la Especia». Os pido disculpas por el título, pero no se me ocurrió nada mejor para llamarlas así que me atuve a lo que sabía. ¿Para qué complicar más las cosas?

Esta vez Madre sonrió; una sonrisa obvia para que la vieran todas. Teresa observó atentamente, no solo las palabras y la conducta de Madre sino también la *sensación* de su presencia. Todo se percibía como si cada acto estuviese cuidadosamente orquestado. Nada se dejaba al azar. Incluso las sonrisas, pensó Teresa, se planeaban en el momento preciso.

Madre hizo una pausa en su charla y echó un atento vistazo a su alrededor. Miraba a todas y las reconocía. Es decir, a todas excepto a Teresa. De nuevo deliberadamente. Es como si le estuviese diciendo: «Mírame. Obsérvame». En su interior, esta sensación era tan fuerte como los rayos de sol de un día de verano, tan cierta como que la luna estaba sobre ellas, pensó Teresa.

—Todas somos hijas de la luna.

El corazón de Teresa casi dio un brinco. Ahí estaba otra vez: aquella conexión…

—Y como tales, todas las que estamos aquí nos reuniremos cada luna nueva y luna llena. Y como llegaréis a saber, la recolectora de azafrán es hija de la consciencia lunar. Es algo de lo que debemos ser muy conscientes: la recolectora no sólo recoge sino que, lo que es más importante, también da. El acto de dar beneficia de conformidad con la consciencia del donante. Y la consciencia con la que trabajamos es el principio que está detrás de las relaciones ocultas gracias a las cuales las dimensiones visible e invisible de la vida se conectan entre sí. Es un principio sagrado, una energía fértil, que se regenera a través de la naturaleza y las culturas humanas. Es una fuerza instintiva que da vida, que nutre, que es compasiva y benéfica; pero que también puede ser una poderosa fuerza de destrucción dentro de la naturaleza. La esencia de la especia es una transmisión sagrada viviente sin construcción religiosa, estructura formal o institución terrenal: se transmite a través de los corazones y las mentes de la gente. Y cuando la gente está reunida, o en correspondencia y comunión, se conecta con la esencia que confiere alma al mundo. La recolectora de azafrán no sólo observa sino que participa de esta fuerza viviente, aplicándola conscientemente al mundo que la rodea. La esencia de la especia, la transmisión viviente, sólo se puede comunicar a través de aquellos individuos que se han hecho receptivos a su presencia. *Nosotras* somos receptivas –somos lunares– y esta energía se manifestará en nuestras maneras de pensar, sentir e imaginar. Se filtrará en nuestras acciones, nuestras vidas y en todas nuestras formas de ser. Y se extenderá y nutrirá nuestras culturas. Y, aún así, todo comienza con una simple gota.

Madre hizo una pausa silenciosa de un minuto.

—Ésta ha sido nuestra primera Reunión de la Especia. Y sí, estamos bajo la luna nueva.

El aroma del té de jazmín flotó por la sala.

CAPÍTULO VEINTICUATRO

~ Nuestro objetivo es transmitir sin distorsión ~

Teresa se acopló bien a sus nuevas rutinas y responsabilidades cotidianas. Ahora formaban parte de las «chicas mayores», o como fuera que quisieran llamarse entre ellas. No tenían nombre, sólo era que las cosas habían cambiado. Muchas de sus responsabilidades previas, como preparar los desayunos y limpiar la cocina, se las habían cedido a las más jóvenes que habían llegado después. Todo parecía muy natural, igual que los ciclos estacionales. De una estación se pasaba a la siguiente y todo seguía en su sitio. A Teresa y a Tibby se les habían asignado las tareas de biblioteca en tanto que a Alicia y Abigail las de «Recepción», lo que significaba abordar todos los aspectos de las relaciones del orfanato con la comunidad en general; eso incluía recibir huéspedes, organizar las visitas de las chicas nuevas y atender los vínculos locales. Al oír sus nuevos destinos Tibby frunció el ceño y miró a Teresa, sentía que se les habían adjudicado las tareas más aburridas, teniendo en cuenta que Teresa la había arrastrado a la biblioteca en numerosas ocasiones. Teresa, por su parte, sabía que tales asignaciones se habían pensado cuidadosamente.

—Supongo que sentimos predilección por la biblioteca —Teresa ladeó la cabeza de esa manera que solía hacer suspirar a Tibby.

—Bueno, creo que lo que pasa es que tú tienes predilección, o lo que sea, ¡por comer diccionarios!

Tibby hizo un mohín cuando Teresa le guiñó un ojo. Era una amistad armoniosa creada por ser diferentes.

A las dieciséis chicas, a quienes Madre se refería como las recolectoras de azafrán, se les asignaron nuevas lecturas y horarios de estudio; se acabaron las novelas clásicas que, de todas formas, las chicas sentían que solían ser demasiado prolijas. Ahora estaban leyendo una mezcla de psicología moderna, ciencia social, historia, ciencias naturales y filosofía. Pero, como supieron más tarde, no todas leían los mismos libros. A cada chica se le había prescrito un conjunto de libros diferentes: similares pero distintos. Y luego estaban los otros textos, que no se contaban entre los libros comunes sino que se imprimían como cuadernillos de uso privado. Se basaban en… bueno… como diría Teresa, eran una «manera diferente de contemplar la vida y las cosas»

A Teresa y a Tibby las dirigía y las supervisaba la señora Morag, que era la directora de la biblioteca; o más bien, como solía bromear Tibby, el «libro director». La señora Morag, en comparación con las demás señoras de la Casa del Azafrán, mantenía un perfil bajo. Era pequeña, delgada y un tanto delicada. Se recogía el pelo grisáceo por detrás en un moño y era bastante modesta. Hablaba suavemente con una voz cantarina y muchas veces susurrante. Sólo hablaba cuando lo necesitaba, y siempre con moderación. Sus pequeños ojos grisáceos eran amables y, aún así, atentos. A Teresa le gustó de inmediato.

La señora Morag les había enseñado cómo funcionaba la biblioteca y todas las tareas que debían realizar.

—Por supuesto —dijo la señora Morag una vez hubo terminado su introducción inicial—, ésta no es una biblioteca en el sentido de almacenar libros inamovibles. Oh no, aquí mantenemos la tradición de transmitir.

Ambas chicas miraron a la señora Morag, sin estar seguras de a qué se refería. La vieja señora se dirigió a una habitación trasera y las dos nuevas asistentes de biblioteca la siguieron. La habitación olía a tiempo y antigüedad. Teresa sintió que era un lugar que, como un conducto viviente, conectaba épocas diferentes. A lo largo de los muros de piedra había estanterías de madera apiladas hasta el techo.

—Madera, piedra, papel. Papel envuelve piedra, tijeras cortan papel —dijo la señora mientras hacía con las manos los ya populares movimientos correspondientes—. ¿Pero pensamientos? ¿Comprensión? ¿Conocimiento? Estas cosas se abren camino a través de todo porque su existencia trasciende los objetos materiales que les sirven de recipiente. Las palabras también son recipientes, quizá los más incomprendidos de nuestra historia. No obstante hay muchas cosas más poderosas que las palabras: por ejemplo, los pensamientos. Las palabras pueden suscitar pensamientos, y viceversa, pero cuando los pensamientos se proyectan como palabras su poder se diluye. Las palabras son peligrosas porque se prestan al malentendido, el maltrato y la manipulación deliberada. Pero el mundo en el cual nos encontramos hace más énfasis en la palabra hablada. Percibir la cualidad de los pensamientos de una persona es más difícil pero mucho más necesario. Aquí tenemos que hacer un uso muy deliberado y cuidadoso de los libros. De manera que la biblioteca es cualquier cosa menos un lugar aburrido.

Con estas últimas palabras la señora Morag echó una breve ojeada a Tibby, quien trató de parecer inocente. A continuación recorrió suavemente con los dedos los lomos de varios libros antes de elegir y sacar un delgado volumen que entregó a Teresa.

Teresa vio el título, asintió con la cabeza y se lo devolvió a la señora Morag: había entendido el mensaje.

—A veces la única función de un libro se transmite mediante su título. O puede que dentro de todo el libro sólo haya una frase que sea operativa y sirva a ese cometido. Un libro puede ser el libro del libro, o servir para que el lector sepa exactamente cómo aprender. Los libros son vehículos para las palabras pero su verdadera misión es transmitir pensamientos. Y determinados libros operan como transmisores específicos de pautas intencionadas de pensamiento. De manera similar, pueden servir para inducir patrones específicos de pensamiento o para desmantelar los vigentes ya inculcados en la mente de una persona. Si algo no se puede transmitir, entonces ¿cuál es su propósito?

—Los libros son como las flores —Teresa dijo estas palabras quedamente con un suspiro. Pero no había hablado suficientemente bajo.

La señora Morag no respondió, pero silenciosamente enseñó a las chicas dónde estaban los cajones en los que se guardaban las llaves de las estanterías cerradas. Luego les condujo a la oficina de registros y les mostró cómo anotar todos los libros que entraban y salían.

—Oh, sí, bueno, también hay algunos aspectos aburridos —Tibby sonrió; a ella también le gustaba la señora Morag.

—¿Por qué hasta ahora no tuvimos tareas con usted, señora Morag? Antes no la habíamos visto demasiado.

La vieja señora asintió suavemente.

—Sí, eso es así porque no trabajo con las chicas más jóvenes. Sólo se cruzan conmigo después de que hayan aprendido algunos de sus cometidos en los desayunos —y esbozó una sonrisa.

Cuando estaban a punto de salir de la oficina, la señora Morag dio a cada chica un marca páginas hecho a mano, en el que había una flor de azafrán seca prensada.

—La transmisión en la cual participamos requiere de nosotras que, aunque podamos actuar con independencia, no nos apeguemos a nuestro esfuerzo individual. El esfuerzo individual sólo es uno de los muchos modos de actuar. Hay fuerzas que actúan sobre nosotras y otras que lo hacen a través nuestro; y esas fuerzas tienen más poder si les concedemos nuestra colaboración. Nuestro objetivo es transmitir sin distorsión: haced de esto *vuestro* esfuerzo individual.

Cuando tras su iniciación las chicas dejaron la biblioteca, ambas sintieron un leve zumbido en sus cuerpos. Ninguna de ellas dijo nada en ese momento.

A las horas de las comidas todas las chicas de la Casa del Azafrán comían juntas, desde las más pequeñas de cinco años hasta las más mayores. Teresa y las otras chicas del grupo de su edad habían empezado a reforzar su vínculo. De manera natural las dieciséis empezaron a comer juntas, lo que nunca antes había pasado. Otra chica de la misma edad de Teresa, Beatriz, estaba en otro dormitorio, pero recientemente las dos se habían prestado mutuamente más atención. Como si fuese totalmente natural, Beatriz empezó a hablar con Teresa durante las comidas. Era una chica muy práctica, de modales casi bruscos, pero Teresa notó que era muy observadora. Beatriz era bastante alta para su edad, y tenía un cuerpo bien proporcionado, físicamente fuerte. Durante las clases de gimnasia Teresa había notado que, de entre ellas, en lo físico había sido la más sobresaliente. Su pelo negro largo hasta lo hombros le daba a su cara un aspecto fuerte, pero no duro. La mayoría de las veces Beatriz iba acompañada por su compañera de habitación Simone, que era muy diferente de ella, pues era más baja y tenía la cara redondeada enmarcada por un cabello cobrizo descuidado. Tenía un año menos que el resto de ellas y un físico un tanto corpulento. Pero lo que principalmente contrastaba con Beatriz era el hecho de que prácticamente siempre lucía una sonrisa en su rostro, mientras que su compañera de habitación era más seria y mantenía una apariencia más sobria.

Teresa había notado durante toda la comida que Beatriz

tenía algo en mente. Por fin, Teresa miró al otro lado de la mesa y vio que Beatriz le hacía una señal levantando las cejas.

—Aquí, ahora, hay algo diferente ¿no lo sientes?

—Yo siento muchas cosas diferentes —replicó Teresa—. ¿Te refieres a algo en especial?

—Quiero decir aquí, en este comedor. No es el mismo de antes. Es casi como si de alguna manera se nos hubiera desconectado. ¿Qué sientes acerca del resto de la gente aquí, aparte de nosotras dieciséis?

Teresa sabía que Beatriz estaba en lo cierto. Ella misma lo había sentido y la sensación no había hecho sino crecer en su interior desde los días de la plantación. Era como si se hubiesen desplazado más lejos de quienes las rodeaban, especialmente de las más jóvenes. Y aquí, en el comedor, se había hecho más aparente. Todas estaban juntas y, aún sí, la sensación de separación era muy intensa.

—Sí, tienes razón. Yo también lo he sentido, nos hemos apartado del resto. ¿Tal vez eso forma parte de convertirse en una recolectora de azafrán?

Simone y Tibby estaban escuchando la conversación.

—Bueno, eso explicaría por qué las mayores siempre nos parecían tan distantes.

El comentario sonó irónico aunque la cara de Beatriz permaneció impasible.

—Bien, sea donde sea que vayamos sin duda ahora estamos más adelantadas —añadió Tibby.

—Sí, todo se ha hecho mucho más intenso —Teresa miró a sus amigas y vio que todas estaban de acuerdo.

—Incluso las lecturas son más intensas, ¡buff! —Simone sacudió la cabeza con fingida apariencia de exasperación.

Teresa sonrió.

—Seguro. Ahora todo está a tope; sumamente intenso.

CAPÍTULO VEINTICINCO

*~ La bondad se encuentra en lo profundo de todas las
cosas y se puede hallar, si se busca ~*

Era una fresca mañana de primavera y aún había rocío
sobre el terreno. Pronto las chicas tendrían que ir a
los campos a regar las plantas de azafrán, cuyos lechos se
abrían a la entrada de los rayos del sol y requerían suficiente
agua. Estaban arropadas en una tierra limosa bien drenada,
y como el terreno no mantenía el agua a resguardo las chicas
tenían que estar atentas.

Teresa estaba volviendo de los campos con las otras chicas
cuando advirtió que la señora Aisha estaba de pie junto a una
de las puertas exteriores. La vieja señora le hizo señas para
que se acercase y le dijo que Madre quería verlas, a ella y a sus

compañeras de habitación, y que las estaría esperando en sus estancias privadas. Debían ir de inmediato después de lavarse. Era algo inesperado. Teresa miró a su alrededor buscando a sus compañeras.

Teresa percibió la diferencia al instante: no había una tetera preparada para Madre en su mesita auxiliar. Aparte de eso todo lo demás estaba igual que de costumbre. En tal caso, pensó Teresa, no será una visita larga.

Madre se levantó para saludar a las cuatro chicas: Alicia, Abigail, Tibby y Teresa. A continuación les hizo un gesto para que se acercasen. Desde que entraron las chicas no se había dicho ni media palabra. El pequeño grupo se mantuvo unido. Madre las acercó aún más entre sí hasta que todas estuvieron apiñadas: las cinco mujeres, las jóvenes y la vieja, formaban un círculo reducido y apretado. Acercaron sus cabezas hasta tocarse, y Madre puso sus brazos alrededor del grupo. Cada una de ellas permaneció en silencio, compartiendo el abrazo comunal. El tiempo se detuvo, o al menos así es como lo describieron las chicas más tarde. Por fin, Madre separó los brazos y las chicas retrocedieron, deshaciendo el círculo.

—He lanzado un hilo de oro invisible, como el estambre de una flor, desde mi corazón al vuestro. Como para recolectar el azafrán, ahora nos preparamos para recopilar nuestros propios pensamientos. Ahora y siempre debemos mantenernos en contacto. Nos reuniremos aquí, sólo con vosotras cuatro, regularmente.

—¿Y las otras Reuniones de la Especia con las demás chicas? —preguntó Abigail.

—Continuarán. Los encuentros requieren otros encuentros; ninguna chica o grupo de chicas es igual. Las reuniones más pequeñas son para desarrollar *nuestra* conexión.

—¿Y los otros dormitorios también tienen sus reuniones?

Madre miró a Alicia y sonrió.

—Querida mía, no te preocupes de las demás. No deberíamos usar la comparación, de la misma manera que no compararías los diferentes ingredientes de un plato. Ahora hemos ido más allá de lo general.

Teresa se percató de la verdad de las palabras de Madre. Durante muchos años, el único contacto que habían tenido con ella había sido durante las reuniones generales de los martes y los jueves en las que podían participar todas las chicas si lo deseaban.

—Gracias por su tiempo y su atención —dijo Teresa suavemente—. Ahora nos damos cuenta de la cantidad de tiempo que tiene que dedicarnos.

Madre sonrió con dulzura.

—Aunque, en realidad, eso es lo que importa, ¿no es

cierto? *Todas* vosotras sois mi tiempo: juntas e individualmente. Lo que puedo hacer con un grupo más grande no se puede con otro más pequeño. Y lo que se puede decir a un grupo de jóvenes no se le puede contar a otro de niñas de siete años. El azafrán no se planta en invierno ni se recolecta en primavera. El sol no llueve y la luna no proporciona luz propia. Todo *da* según lo que puede, y por tanto debemos acercarnos a cada una y a todas de acuerdo con su capacidad y su naturaleza esencial. Esto no es vudú, queridas, es la ciencia del corazón.

—¿Y el hilo de oro? Lo mencionaste hace un momento.

Madre rió calladamente, mostrando un lado más relajado de sí misma.

—Ah, Tibby, ¡siempre la curiosa!

Tibby enrojeció, aunque era aparente que todavía estaba esperando una respuesta.

—Curiosamente resuelta también —continuó Madre—. El hilo de oro invisible es lo que se ha plantado en vuestros corazones. Se sembró desde el primer día de vuestra llegada. Desde vuestra primera reunión conmigo, yo planté la semilla en vuestro interior y ha estado creciendo a diario. Cada una de las que estáis aquí un día insertará su parte del hilo en la trama entera del tapiz. Desde ese momento, conociendo sus patrones, contribuimos y participamos en el diseño completo. Entonces estamos conectadas de maneras no visibles para otros. Esto lo llevamos con nosotras cuando, o si, salimos al mundo. Nuestra conexión a este hilo de oro nos recuerda constantemente que la bondad se encuentra en lo profundo de todas las cosas y se puede hallar, si se busca.

Teresa sintió que la recorría un escalofrío, y se preguntó si las demás también lo habían sentido.

Era extraño, o tal vez sorprendente, pero después de la reunión en la habitación de Madre una relación *diferente* se fortaleció y se hizo evidente entre las dieciséis chicas. Teresa lo sintió sin duda, y le recordó lo que hacía poco había dicho Beatriz cuando estaban en el comedor. Era como si ahora un tipo diferente de energía se moviese a su través. Sólo que Teresa no quería pensar en ello como «energía» porque eso era demasiado rudimentario y simplista. De hecho, no deseaba en absoluto darle ningún nombre o formularlo. Era una sensación, una experiencia, un *saber*. Y eso era algo que Teresa sabía bien que no se podía comunicar de las maneras habituales.

—Lo estás sopesando otra vez —dijo Tibby mientras se subía a la cama.

Teresa se quitó de su largo pelo el pañuelo blanco de blonda y lo colocó en su cajón de al lado de la cama, como cada noche.

—Mmm —musitó, escuchándola a medias.

—Siempre haces eso también: mmmm —Tibby murmuró exageradamente y se rió. Teresa le devolvió una sonrisa y en su interior emergió un intenso cariño hacia su amiga.

—Lo sé —dijo Teresa—. Buenas noches.

CHAPÍTULO VEINTISEIS

*~ Un don no es sino una herramienta cuyo uso
debe escoger cada persona ~*

La luna llena había llegado y, tal como es el camino del azafrán, las dieciséis chicas estaban reunidas en presencia de Madre. Había un respetuoso silencio de comunión, cada chica sabía que se habían reunido para algo que las vinculaba más allá de los lazos de la amistad.

No era una plegaria. Se parecía más a una conexión interior con el hilo de oro: un nudo atado de manera diferente a cada corazón. Cuando se acabó el silencio, Madre dio un sorbo a su taza de té y comenzó a hablar.

—La gente es muchas más cosas de lo que ella misma sabe. Puede estar ciega y no saberlo porque está deslumbrada por una luz que la hace mirar a otro lado. Debido a esa ceguera mucha gente sólo sabe de sí misma el nombre que le han dado y que lleva toda su vida. Si se les forzase, encontrarían difícil distinguirse de otros que tienen actitudes y opiniones condicionadas similares. Y, aún así, esas personas se esconden de esta comprensión; el impacto de saber alteraría gravemente su equilibrio mental y emocional. Así que continúan identificándose e individualizándose por el nombre otorgado que llevan. Y cuando se les pregunta *quiénes son*, contestan con su profesión. Para ellos es una pregunta de lo más desasosegante, de modo que sólo pueden contestar con su trabajo o su nombre. Pero para ellos *quiénes* son realmente sigue siendo un misterio de por vida. Es una situación común a muchos humanos que nos inspira cierta preocupación.

Madre hizo una pausa para tomar otro sorbo de té. Algunas chicas se removían en sus sillas. Por lo demás el cuarto de estudio permanecía tranquilo.

—La razón, la querida razón: tanto una bendición como una maldición para el ser humano. Un don no es sino una herramienta cuyo uso debe escoger cada persona. Hablando en general, se considera que la razón es el culmen del pensamiento humano; para la gran mayoría representa lo mejor del mismo. Y, no obstante, es como un par de ojos secos que no pueden llorar: carece del sentimiento de nuestra parte más íntima. La vida no trata del esqueleto, de los huesos secos de una existencia humana: es mucho más. Trata de todo aquello que constituye la carne de un ser humano. La razón no nos obliga a *buscar*, no nos proporciona una «razón» por la que una persona debería buscar algo más allá de la comprensión del conocimiento humano aceptado. La razón a menudo impide que algunas personas se den cuenta de que realmente están buscando, porque no lo reconocen internamente; no ven las pautas de una búsqueda, un *anhelo* entretejido en sus vidas cotidianas. Desafortunadamente, a menudo se da el caso de que una tragedia o una catástrofe sea el detonante que abre a la persona a reconocer su situación y la obliga a buscar respuestas. Vivimos toda la vida con preguntas y, pese a ello, con frecuencia erramos al no reconocerlas o hacerlas despertar de su letargo en nuestro interior. ¿Cuántas de nosotras nos hemos hecho honesta y verdaderamente la pregunta: «¿por qué estoy aquí?»?

Madre volvió a hacer una pausa y miro a su alrededor a las dieciséis caras y los treinta y dos ojos.

—¿No os habéis preguntado —continuó—, por qué las situaciones se han desarrollado de esta manera: por qué terminasteis aquí? —De nuevo el silencio se abatió sobre el cuarto de estudio.

—Sí, por supuesto nos lo preguntamos —la voz de Teresa rompió el silencio y la tensión cesó de repente—. Sería extraño que no nos hiciéramos preguntas acerca de esas cosas. Pero hablando personalmente, en lugar de inventar una respuesta para quedarme satisfecha, preferiría esperar hasta llegar al punto donde realmente la *sepa*.

Tibby hizo cosquillas a Teresa en el costado. Estaba evidentemente contenta de que alguien hubiese dicho algo; y más encantada aún de que hubiese sido Teresa, otra razón para sentirse orgullosa de su mejor amiga.

Madre asintió y continuó.

—La curiosidad y el orgullo son justo dos de las características que impregnan nuestro mundo. Y en términos relativos se cuentan entre las menores de nuestras preocupaciones. De hecho, uno de los rasgos más sobresalientes que padece el mundo no es un aspecto activo sino pasivo: la inercia. El mundo cotidiano está plagado de inercia, una energía generalizada y prevalente de la que debemos ser conscientes y cuidadosos. Es necesario protegerse de ella. Es una energía, un estado, en el que la gente cae con demasiada facilidad. Barre las masas y las arremolina en derredor. Como ya he dicho, nosotras vamos hacia *delante*, no «alrededor». El tipo de energía con la que escoges identificarte destacará más que tu personalidad, determinará como se desenvuelve tu futuro. Tales senderos no están grabados en piedra, como muchas de vosotras deseáis creer. Todos los caminos están abiertos y se adaptan a las circunstancias, las decisiones y las oportunidades, tanto las que se aprovechan como las que se pierden. Y reconocer simplemente la inercia no es suficiente: la persona debe guardarse de ella.

Madre tomó otro sorbo de té.

—¿Cómo se reconoce la inercia? —Esta vez fue Beatriz quien habló.

Madre juntó y apretó las manos mientras consideraba la pregunta.

—A veces reconocemos las cosas por sus efectos. Y, más a menudo de lo que creemos, tales efectos son opuestos a su causa: en términos de inercia se manifiestan como excesos. La sociedad carece de disciplina para abordar facetas de la inercia como el desencanto y la desafortunada enfermedad cultural del aburrimiento. El desencanto y el aburrimiento pueden convertirse en una energía peligrosa: pueden absorber a una persona hasta secarla y convertirla en un fruto marchito —Madre sonrió para sí misma—. Esta es una de las razones, y sólo una, fijaos, por la que la vida siempre necesita la especia del azafrán. Nuestra especia es un antídoto maravilloso contra los hechizos discordantes del desencanto.

Madre se meció hacia atrás en su silla y dejó escapar una risa tranquila. Aunque ninguna de las chicas pudo entender totalmente que quería decir el chiste. Más tarde, Tibby confesó a Teresa que Madre padecía la enfermedad cultural de «la-manía-del-chiste-privado». Pero eso, dijo Tibby, sólo era un chiste íntimo entre ambas, y guiñó el ojo.

—¿Crees que es verdad?

En el dormitorio todas las chicas miraron a Abigail.

—¿El qué es verdad? —preguntó Alicia.

—Lo que dijo Madre sobre que la discordancia empieza por la humanidad, y luego se infiltra en, ¿cómo dijo?: todas nuestras corrientes sociales.

—Bueno, ¿por qué no?

—Es que parece tan vergonzoso, eso es todo. ¿Por qué querríamos crear discordancia? —Abigail se sentó en la cama, en camisón, y jugueteó con su largo pelo rubio.

—Yo no pienso que quiera decir que la humanidad crea discordancia consciente y voluntariamente —replicó Teresa—. Ahí está la cosa: la mayor parte de lo que nos ocurre pasa desapercibido. Un montón de lo que sucede en el mundo pasa más por ignorancia que por nuestras intenciones deliberadas.

—Así es —añadió Tibby—. La naturaleza no actúa a través de la razón; tiene su propia suerte de instinto natural. Esa es la razón por la que Madre dijo que la falta de armonía y el desequilibrio no son naturales —Tibby miró a Teresa para ver si lo había dicho correctamente.

—Sí, se diría que gran parte de la discordancia del mundo es una especie de manifestación subconsciente de la carencia interior o la inquietud de la humanidad.

Teresa se deslizó en la cama, no sin antes quitarse su

preciada posesión: el pañuelo blanco de blonda.

Abigail suspiró.

—Me pregunto ¿cuándo entraremos ahí fuera en el ancho mundo?

—Muy pronto —contestó Teresa mientras se daba la vuelta en la almohada—. La última en acostarse apaga las luces.

CAPÍTULO VEINTISIETE

*~ Lo sagrado no sólo está en la quietud dentro de ti,
también está en todos los espacios intermedios ~*

Teresa habló de su idea a la señora Aisha, que se la había transmitido a Madre. Según parece, ésta pensó que era una idea maravillosa y dio permiso para que se celebrase el juego.

Teresa había pensado las reglas del juego de manera general pero primero quería ver cómo se desenvolvían las cosas. Las mejores reglas, pensó, eran las flexibles. Así que una mañana de invierno después del desayuno y antes de que el sol estuviese demasiado alto y sus rayos se hiciesen demasiado fuertes, Teresa reunió en el campo a las otras quince chicas. También estaban con ellas las señoras Pym,

Celia y Morag, así como una pareja de las chicas más mayores. Iba a ser el primer partido del *Sóftbol del Azafrán* que se jugaría en la Casa del Azafrán para chicas. Teresa aún no lo sabía pero se iba a convertir en un momento histórico en los anales de la Casa del Azafrán.

Cada equipo se componía de ocho jugadoras y, tal como lo describía Teresa, era una mezcla de cricket-con-sóftbol.

—¿Por qué no jugar al cricket sin más? —preguntó una de las chicas allí reunidas.

—Porque las reglas del cricket son fijas. Y, aparte de eso, en el cricket no te dan con la pelota.

Todas las chicas miraron a Teresa con los ojos muy abiertos.

—Bueno, a fin de cuentas la pelota es blanda:[8] no le va a hacer daño a nadie.

A continuación Teresa explicó las reglas, hasta donde las sabía. El campo sería como el de cricket, y se batearía en uno de los fondos. El bate, que la Casa se las había arreglado para comprar, estaba hecho de esponja blanda pero con la forma de uno de beisbol. Cada miembro de un equipo dispondría de tres intentos para golpear la pelota; al tercero tendría que correr, la hubiese golpeado o no. El objetivo era alcanzar corriendo el otro extremo del campo recto. Eso sería una

---

[8] N.T.: En el original inglés «it is a softball». Juego de palabras intraducible: softball es el nombre del juego y se forma con las palabras soft (blanda) y ball (pelota)

carrera y un punto, y si hacían una carrera de vuelta conseguirían otro punto. Entre tanto las del otro equipo que no bateaba actuarían como *jardineras*.[9] Su papel consistía en recoger la pelota y o bien devolvérsela a la lanzadora, que se mantendría dentro del espacio de lanzamiento, o eliminar directamente a la bateadora. Para ello había que agarrar la pelota antes de que cayese al suelo o bien dar con ella a la bateadora. Eso, normalmente, significaba tirar la pelota y acertar a la persona –lo que resultaba difícil mientras corría–, o bien tirársela a la jugadora que estaba al fondo del espacio de lanzamiento para que ésta, antes de que la corredora pudiese cruzar la línea, la tocase con la bola. A cada lado del terreno de juego estaría una anotadora, en este caso una de las señoras, para apuntar los tantos: un punto por cada vez que una corredora cruzaba la línea. Cuando la bateadora conseguía un buen golpe podía seguir recorriendo todo el campo tres o cuatro veces, hasta que se devolviese la pelota. Habría una juez, o árbitro, observando todo el juego. En esta ocasión la señora Morag haría ese papel. El árbitro apuntaría las carreras que hubiesen contado las dos anotadoras, quienes también llevaban la cuenta del tiempo en cada extremo del terreno. Cada equipo contaba con veinte minutos antes de invertir los papeles y que las que bateaban

---

[9] N.T.: En el original inglés «fielders» (jugadores de campo) que en el beísbol en español se llaman «jardineros»

pasasen al terreno de juego para defender contra el otro equipo. En total el juego duraría cuarenta minutos y el equipo con más puntos sería el ganador. Éstas eran las reglas básicas del juego. Y luego estaba la parte flexible de la puntuación que era la porción que podía cambiar durante cada partido, según cómo se hubiese jugado. La jueza-arbitro también puntuaría a cada equipo según *cómo* hubiesen jugado: es decir de acuerdo con su comportamiento, actitud y gestión del equipo. Si el equipo mostraba deportividad hacia el oponente; si mientras corrían no tiraban el bate al suelo; si se comportaban con calma; si eran organizadas y disciplinadas; etcétera, etcétera. Todos estos factores podían añadir puntos al equipo y el papel de la jueza era decidir esto. Y nadie sabría cómo se calculaban. De igual modo, se podían quitar puntos por jugar alborotadamente; por mala actitud o malos modos; desacuerdos durante el juego; organización desordenada; y así sucesivamente. De ese modo, no solo se trataba de cuántas carreras conseguía cada equipo, sino también de *cómo* lo hacía. Y la decisión de la jueza era definitiva. Como explicó Teresa: «un partido es más que un bate y una carrera».

Y así, aquella brillante mañana de verano, se jugó el primer partido de *Sóftbol del Azafrán* en la Casa del Azafrán para chicas. Fue divertidísimo pero también se insistió en la disciplina lo que forzó a las chicas a ser conscientes del juego. Teresa fue capitana de un equipo y Beatriz del otro: dos lados y dos dormitorios en cada uno de ellos. También fue agotador y supuso un ejercicio mayor de lo que muchas chicas habían anticipado. Alicia y Abigail estaban completamente agotadas, en tanto que Tibby resultó ser un prodigio deportivo. Pero una vez terminado el partido, tras sumar todos los puntos oficiales y «flexibles», uno de los equipos debía ser el ganador. Estuvo cerca, pero no lo suficiente. Todo el mundo vitoreaba y daba abrazos de felicitación. La señora Morag caminó hacia Teresa.

—Lo siento, tu equipo no ganó. Especialmente porque fue el partido inaugural y, a fin de cuentas, era tu juego.

Teresa se limpió el sudor de la cara.

—Está bien; no me importa perder si la derrota es justa. Quiere decir que tendremos más a lo que aspirar cuando ganemos. Además, de todas maneras no es *mi* juego: es para todas.

Tibby llegó corriendo.

—¡Fantástico! ¿Cuándo jugamos otra vez? ¿Cómo terminamos, señora Morag?

—Bueno, un primer partido interesante. Tengo el presentimiento de que una nueva era acaba de llegar a nuestra casa —la señora Morag guiñó el ojo a ambas niñas y se fue.

Aquella noche reinaba el entusiasmo en el pasillo de los dormitorios. Todas las chicas estaban hablando del partido, y analizando cómo habían jugado. Todas declararon unánimemente que el *Sóftbol del Azafrán* había sido un éxito y que estaban ansiosas por jugar el siguiente partido. En el cuarto de baño comunitario, las chicas compartían ideas con sus compañeras de equipo y decidían cómo mejorar su actuación durante el próximo partido.

Tibby llegó corriendo excitada al dormitorio donde sus compañeras se estaban preparando para acostarse.

—¡Se llaman a sí mismas las Spice Girls! [10]

Alicia y Abigail miraron a Tibby con cara inexpresiva.

—El otro equipo… —dijo Tibby sin tomarse un respiro—. Beatriz acaba de anunciarlo en el cuarto de baño. Su equipo se ha puesto el nombre de Spice Girls, y dice que nadie más puede usarlo. ¡Ahora necesitamos un nombre para el nuestro!

Las demás chicas miraron a Teresa que estaba tranquilamente sentada en la cama leyendo un libro.

—¡Las Spice Girls! —dijo Abigail con enojo—. Es un nombre espantoso. ¡Nadie en su sano juicio querría llamarse jamás de esa manera!

—Topicazo —añadió Alicia.

---

[10]   N.T.: Juego de palabras intraducible. Spice Girls es el nombre de un famoso grupo inglés de música pop, que traducido significa «Chicas de la Especia»

—¿Y entonces? —pregunto Tibby.

Teresa, por fin, levantó la vista del libro.

—Esto también pasará.

Tibby frunció el ceño; esperaba un nombre más dinámico para el equipo.

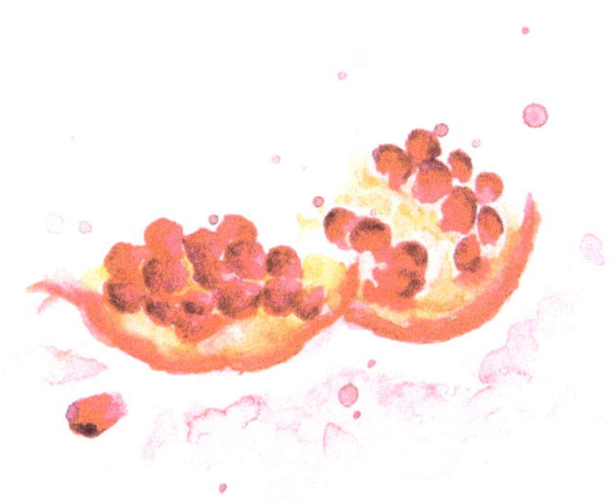

CAPÍTULO VENTIOCHO

*~ Buscad vuestra propia comunión sin palabras con el
centro dentro de vosotras ~*

La luna nueva había vuelto y, tal como es el camino del azafrán, las dieciséis chicas estaban reunidas de nuevo en presencia de Madre. Las semanas intermedias habían estado llenas de un intenso aprendizaje. Por algún motivo confidencial a Teresa se le había encomendado familiarizarse con la escala musical. Aunque al principio le había parecido un requerimiento extraño, pronto encontró su estudio mucho más agradable que el de las ciencias naturales. Teresa iba recorriendo en silencio el do-re-mi-fa-so-la-si-do de la escala musical en su cabeza cuando Madre empezó a hablar.

—El sentido general de lo que para la gente significa la libertad se ha deformado. Se ha retorcido convirtiéndolo en una caricatura de los deseos y las aspiraciones personales, que luego se interpretan transformándose en necesidades. La verdadera libertad no es nada de esto, y se distingue de esas imprudentes cavilaciones que han infiltrado la mente social generalizada de la humanidad. Si os sentís solas en presencia de otros, es señal de que todavía no estáis totalmente conectadas con vuestro interior: debéis esforzaros en buscar vuestra propia comunión sin palabras con el centro que está dentro de vosotras, una fuente privada en la que podéis confiar. La verdadera comunión será vuestra libertad. Entonces podéis estar solas sin sentiros jamás aisladas. Estar sola con la soledad y sentirse conectada es parte de la libertad que nos concede la especia. Sin esta conexión sois incapaces de hacer uso del poder del silencio. Sin el hilo de oro, si os ofreciese silencio, ¿qué harías con él? ¿Cómo os beneficiaríais y ayudaríais a otros a beneficiarse del silencio? El poder del silencio es un don. Podemos revestirnos de ese hermoso don y andar por el mundo como verdaderas guerreras del corazón. Pero antes debéis aprender a entablar amistad con vuestro silencio, hacerlo compañero vuestro. Un compañero que también es vuestro centro personal. Es el lugar, situado profundamente en vuestro interior, donde siempre sois sinceras; el sitio que mejor os conoce, del que no podéis esconderos y al que no podéis mentir. Cuando una persona está en contacto con ese centro sincero, puede percibir la psique impersonal que está detrás de todas las cosas del mundo. Desde tal centro se puede entrar en comunión con la energía viviente que impregna nuestro mundo, se puede comunicar con la inteligencia del azafrán. Esta es la verdadera libertad.

Madre tomó un sorbo de té e hizo una pausa.

—¿La comunicación con la inteligencia del azafrán nos ayudará a comunicarnos con otras inteligencias? —preguntó una de las chicas.

Madre asintió.

—Debemos aprender cómo afectan los pensamientos humanos al mundo físico y psíquico. Cuando los pensamientos se manifiestan dentro de ciertos márgenes, pueden pasar desde los individuos y los grupos al mundo sin necesidad de vocalizarlos. El efecto de esto es a menudo mucho mayor de lo que uno se da cuenta, porque en gran medida pasa inadvertido para la percepción ordinaria. Los pensamientos positivos, al igual que los destructivos, pueden generar consecuencias físicas y psíquicas tanto intencionadas como involuntarias. Mediante tales frecuencias de pensamiento podemos reforzarnos o debilitarnos. Parte de la comunicación a la que accedemos consiste en observar y regular esas frecuencias.

De pronto, el do-re-mi de Teresa adquirió un nuevo significado. *Por supuesto, el poder de la música, del sonido... es una frecuencia, una vibración.* Una voz en el interior de Teresa había cobrado vida instantáneamente y estaba alerta.

—Si empezáis desde lo muy pequeño, repartiendo primero lo poco que sabéis, alcanzaréis una forma de comprensión más precisa que sólo la imaginación creativa conoce. En el camino del azafrán no existe una falsa compulsión, ni ninguna fuerza imperiosa que desde el exterior pueda obligaros a recorrer nuestro camino. Hacer el esfuerzo es correcto, pero si uno se fuerza a sí mismo artificialmente, se pierde la perspectiva. Haciendo el esfuerzo correcto se puede obtener un beneficio, pero con la fuerza indebida se pierde. No os contengáis ni os asustéis de hacer el *esfuerzo correcto.* Quienes tienen miedo, lo tienen en todas partes; aquellos que tienen fe y confían en su interior estarán a salvo, vayan donde vayan. Sólo hay un mandato genuino que tira desde adentro hacia afuera. Confiad en esto, y en el instinto que os habla, como el azafrán conversa con la especia.

Durante la siguiente pausa Simone hizo ademán de que deseaba hacer una pregunta. Madre asintió con la cabeza animándola a hablar.

—¿Qué fuerza tienen los impulsos que nos apremian desde dentro? ¿Interfieren, o pueden hacerlo, con nuestra comunicación especial?

—Son fuertes y juegan a un juego. Intentan transmitirte *su* mente y convencerte de que realmente es la tuya. El mundo, en cierto sentido, es un juego mental, y es imperativo que sepamos con la mente de *quién* estamos operando. La mayor parte del mundo, sin saberlo, funciona mediante… bueno, podríamos llamarla *una mente ajena*. Si no reconocemos este juego mental entonces se nos impone desde fuera. Y esto puede causar grandes dificultades. En un mundo ideal todos reconocerían el juego, pero esto todavía no está al alcance. Así que os digo que debéis responsabilizaros de vuestra energía y vuestra frecuencia de comunicación. Si sentís algo, u os sentís conectados a alguna energía, debéis reconocerlo y ser representantes de vuestra propia fuente de energía. Podéis desear parecer tímidas por fuera, pero no lo seáis en vuestro interior. No huyáis de esa fuente de comunicación energética que está dentro de *vosotras*. Evitad aquellas cosas que sólo sirven para desestabilizaros o entorpecer vuestro trabajo. No intentéis apaciguar esas fuerzas que trabajan en vuestra contra, desplazaos alrededor de ellas. Después de todo, cuando entráis en un campo de flores de azafrán ¿no escogéis estar cerca del precioso azafrán en lugar de junto a las malas hierbas?

Al día siguiente Teresa y sus compañeras de habitación llegaron al encuentro con Madre en sus estancias privadas.

Para empezar la reunión, Madre colocó a todas las chicas juntas formando un círculo y otra vez puso sus manos alrededor de ellas mientras sus cabezas se tocaban.

Es el hilo de oro que se debe tejer entre nosotras. Éste es el camino del azafrán.

—El verano avanza —dijo Madre mientras se acercaba a la ventana—. La cosecha se acerca rápido. Siempre es un tiempo intenso para el primer año de las recolectoras de azafrán. ¿Cómo van vuestros estudios?

Las cuatro chicas hablaron por turno de los estudios y de cómo pasaban sus días, más o menos. Mientras las otras estaban hablando Teresa observaba a Madre, y cómo las escuchaba y las respondía. Enseguida cayó en la cuenta de que Madre no estaba demasiado interesada en lo que estaban diciendo. Era como si estuviese observando alguna otra cosa… o supervisando algo dentro de cada chica. Teresa sintió que, gracias a aquellas reuniones, también estaba examinando la naturaleza de su presencia: su *ser*. Madre escuchaba y respondía a algo diferente dentro de cada chica, y las palabras, la charla, sólo eran una cortina de humo, un camuflaje.

—Sí, Teresa, en todas las apariencias exteriores hay ocultamiento. ¿Es eso lo preguntabas?

Teresa desadormecida de su ensueño, miró hacia arriba… aunque ella no había preguntado nada ¿no es cierto?

CAPÍTULO VEINTINUEVE

*~ A menudo, tras la apariencia de contradicciones se
oculta la verdad más grande de la reconciliación ~*

Había llegado la semana siguiente y, tal como es el camino de las recolectoras de azafrán, se organizó un segundo partido de *Sóftbol del Azafrán*. Los dos mismos equipos, cada uno con las mismas jugadoras, se preparaban para jugar de nuevo uno contra otro. Y era un partido con las mismas reglas, y la misma manera «flexible» de ganar o perder puntos.

Beatriz se aproximó a Teresa con una amplia sonrisa en la cara.

—Somos las Spice Girls ¿lo sabéis?

—Sí, lo sabemos.

—Y vosotras ¿cómo se llama vuestro equipo?

Teresa volvió la cabeza hacia un lado como si pensase. Era un gesto deliberado y vacuo porque Teresa ya sabía el nombre que había escogido para el equipo.

—Somos las «Rosas Azules» —declaró.

Beatriz hizo una mueca divertida.

—¿Las Rosas Azules? ¿Qué clase de nombre es ése? ¡No tiene nada que ver con el azafrán, o lo que hacemos aquí! —Teresa asintió como si estuviese de acuerdo.

—Cierto. Pero lo que parece que hacemos y lo que hacemos realmente son dos cosas diferentes —Beatriz se rió.

—De todos modos, listilla, las rosas azules naturales no existen, eso no ocurre en la Naturaleza, simplemente son una fantasía, ¡son inventadas!

—Exacto —Teresa sonrió y se dirigió hacia su equipo: las Rosas Azules.

—Raro —murmuró Beatriz para sí misma.

El juego era divertido. Esta vez las jugadoras habían adquirido experiencia con el primer partido. Identificaban con más rapidez cómo bateaba cada chica y la oscilación que prefería. Algunas elegían golpear la bola hacia la izquierda y otras hacia la derecha. A algunas bateadoras les gustaba lanzarla bien alta hacia arriba, lo que significaba que existía la posibilidad de cazarla directamente, eliminando a la jugadora. Otras preferían darle hacia abajo contra el suelo para que no pudiesen pillarla; la intención era que aunque la pelota recorriese menos distancia, para eliminarlas tuviesen que tocarlas con ella.

A muchas chicas les encantaba lanzar la bola a quienes corrían con la esperanza de darles con ella. Pocas pelotas llegaban a acertar en la diana y las demás *jardineras* tenían que ir corriendo para recuperarlas. Teresa mantuvo a su equipo en una línea ordenada mientras esperaban para batear. Se les había dicho, o más bien advertido, que no tirasen el bate al suelo antes de correr. Tenían que dejarlo caer con calma. Y Teresa también dijo a las Rosas Azules que aplaudiesen con aprecio cada vez que una jugadora era eliminada, independientemente de a qué equipo pertenecía.

—Apoyad a todas las jugadoras —había dicho—. Nosotras no tomamos partido, no en el juego más importante.

Bajo los rayos del sol veraniego de una mañana de amable cielo azul, las chicas de la Casa del Azafrán jugaron su partido. Y con cada minuto de juego acumulaban más experiencia.

Beatriz rodeó a Teresa con los brazos y le dio un abrazo juguetón. Simone y Tibby reían mientras Alicia y Abigail las miraban perplejas.

—Enhorabuena, esta vez lo conseguisteis ¡ganasteis!

—Sí, las Rosas Azules molaron —dijo Tibby riéndose.

—Las Spice Girls os van a ganar la próxima vez, ¡manojito de flores! —Simone también le dio a Teresa un abrazo de ganadora.

—Gracias a todas, fue un partido divertido —Teresa terminó de lavarse en el cuarto de baño y volvió a su dormitorio.

Tibby, Abigail y Alicia vinieron todas a sentarse en la cama de Teresa.

—Van a volver con ganas —dijo Alicia—. Las Spice Girls querrán ganar la próxima vez.

—Seguro, y puede que ganen.

—¿Qué quieres decir, Teresa? —Tibby frunció el entrecejo y su expresión de desacuerdo hizo reír a Teresa.

—Está bien. Las Spice Girls son físicamente más fuertes que nosotras. Tienen más jugadoras deportistas.

—¡Nosotras también tenemos jugadoras deportistas! —protestó Abigail.

—Sí, así es. Pero no se trata de fuerza bruta. El *Sóftbol del Azafrán* tiene más niveles que eso. Hoy ganamos porque fuimos más disciplinadas. No nos dedicamos a tirar la pelota por todos lados intentando dar y eliminar a las otras jugadoras. Eso era una pérdida de tiempo: ¡casi siempre fallábamos! No, estructuramos más nuestro juego, diseñamos un plan y nos atuvimos a él. ¡Todas! Hoy trabajamos como un equipo, como una gran rosa azul, en tanto que las Spice Girls jugaron como un manojo de chicas. Ganar no tiene sentido si no podemos actuar y movernos juntas, como si fuéramos una sola.

Recordad el hilo de oro, nos entreteje a todas juntas.

Teresa cerró los ojos, tenía sueño, y sentía por dentro algo que tiraba de ella.

CAPÍTULO TREINTA

*~ Haz de tu realidad un sueño, no tus sueños
realidad ~*

La temprana luz del amanecer caía sobre los muros de piedra del viejo y majestuoso edificio. Teresa estaba saliendo de la habitación de meditación y volviendo por uno de los corredores de la planta baja cuando un rayo de luz que entraba por una de las ventanas atrajo su atención. El destello súbito e inesperado la cegó momentáneamente. Se detuvo y miró hacia afuera a la resplandeciente luz del sol, murmurando para sí los versos de uno de sus poemas favoritos: *Viejo necio y afanoso, ingobernable sol, ¿por qué de esta manera, a través de ventanas y visillos, nos llamas?*

Y fue entonces cuando descubrió la figura de Madre de pie fuera en el patio junto a la fuente. Algo en su porte, su presencia, atrajo a Teresa. La jovencita salió afuera al fresco aire del alba. Se acercó a Madre, que aún no había vuelto la cabeza para saludarla. Al fin, cuando estuvo al lado de la vieja señora, ésta giro la cabeza y brindó la más leve de las sonrisas.

—¿Madre?

—Mi querida niña, trae acá tu cara para que pueda lavarla un poco.

Teresa se dirigió a la fuente e inclinó la cabeza hacia delante. Sintió el suave contacto de las manos de Madre sobre la parte de atrás de su cabeza empujándola. La cabeza de Teresa entró en el agua clara y fría…

…levantó la cabeza y jadeó mientras la luz del sol le daba en los ojos cegándola. Teresa apartó el agua de la cara y vio la corriente fluyendo a sus pies. Su corazón casi se detuvo. No era aquí donde estaba hacía un momento… entonces las risas llenaron el aire. Teresa se dio la vuelta y vio que estaba en un prado y que cerca había lo que parecía ser un pícnic.

—¡Vamos, hermanita!

Un brazo agarró a Teresa y la levantó. Teresa miro a la chica a la cara y sus ojos se agrandaron.

—Tibby ¡tú también estás aquí! —Tibby se rió.

—Por supuesto, boba: ¡todas estamos aquí! Ven.

Tibby condujo a Teresa del brazo hacia el lugar del pícnic donde las demás estaban comiendo. A medida que se aproximaban Teresa comenzó a distinguir sus facciones, y le parecieron familiares.

—Tibby, ¿qué estamos haciendo aquí? —Tibby se rió juguetonamente.

—Estamos hacienda un pícnic, por supuesto, ¡cómo siempre! ¿Es que el agua te lavó el cerebro?

Teresa, al llegar donde las otras estaban sentadas en una manta extendida sobre la hierba, se sintió rara, fuera de lugar. Ahora que estaba cerca pudo reconocer las caras sin duda alguna.

—¿Madre?

—Ah, aquí estás, Teresa. Me alegra que tu hermana se las haya arreglado para traerte de vuelta para comer algo. Ven, siéntate.

Teresa se volvió para mirar a Tibby. ¿Mi hermana? Teresa se sintió desorientada, como si acabase de aparecer en la escena equivocada de una obra.

—Pero Madre, ¿por qué estamos aquí? —La vieja señora se rió amablemente.

—Querida mía, ¿a qué viene ese extraño nombre? No necesito amaneramientos raros, madre está bien.[11] Ahora ven

---

[11] N.T.: Juego de palabras intraducible. «Madre» aparece como un nombre propio en el original inglés y aquí la mujer explica que basta con que la llame «mother» (madre)

y come antes de que tu cerebro se muera de hambre. Tus primas Alicia y Abigail se nos han unido hoy.

¿Madre... primas? Teresa se sentó y al otro lado había otras dos chicas, ambas con el pelo rubio. Sonrieron a Teresa y mordieron sus bocadillos.

—Teresa, creo que te quedaste dormida, allí junto a la corriente. ¿Tuviste un sueño bonito?

—Sí, madre —replicó Teresa con languidez.

Teresa las reconocía a todas, pero la escena era diferente. Aquí eran una familia. Pero éste no era *su* mundo. ¿O es que el mundo de las recolectoras de azafrán sólo había sido un atisbo de algún otro mundo que ella quería visitar y al que anhelaba pertenecer? ¿Su deseo de formar parte de una vida más extraordinaria había hecho de sus fantasías un ensueño?

El tiempo permaneció como si estuviese fijo. Teresa volvió a casa con su nueva familia y todas la trataban como si hubiesen estado juntas toda la vida.

Pasaron los años y Teresa y su hermana se convirtieron en dos lindas señoritas. Con el tiempo, Tibby y Teresa se casaron y formaron sus propias familias. Teresa trajo al mundo a dos niños, y a su madre por fin se le concedió el deseo de convertirse en abuela. Tristemente, el padre de

Teresa ya no estaba allí para asumir el papel de abuelo. Pero Teresa estaba contenta con su familia, y con el amor de su marido.

Después de aquel día especial del pícnic, durante muchos años Teresa continuó recordando su sueño de las recolectoras de azafrán. Pero tras un tiempo eso fue en lo que se convirtió: un sueño que había soñado junto a un arroyo primaveral. Había sido tan vívido, tan real. Y sin embargo se había desvanecido tan pronto como otra realidad lo relevó.

Teresa había deseado tanto seguir con su vida como recolectora de la especia. Le había dado sentido; aunque fuese un sueño, realmente había significado algo. Así que Teresa nunca se olvidó de aquel sueño especial, y de su vida en la Casa del Azafrán para chicas. Aunque con el paso de los años el recuerdo se hizo menos vívido, nunca pudo olvidarlo por completo. A menudo, cuando estaba sola, lejos de la atención y la responsabilidad familiar, le gustaba hacer memoria de su tiempo en el misterioso orfanato. Pero, a medida que otros acontecimientos se fueron haciendo cargo de su vida, semejantes pensamientos oníricos se fueron convirtiendo en fantasías. Su madre falleció a una edad avanzada, y una gran brecha se abrió en su vida. Sus dos hijos finalmente se fueron de casa y empezaron sus propias vidas.

El tiempo pasó, y la única realidad que Teresa conocía era la mundana de cada día. Cuando su hijo mayor murió en un accidente agrícola la noticia la golpeó con dureza. Fue un impacto del que nunca se recuperó por completo. Y su matrimonio tampoco sobrevivió al desgarro desolador. Teresa terminó por divorciarse de su marido y durante una temporada se fue a vivir con su hermana Tibby. Teresa llegó a sentirse increíblemente sola, y también sintió que, de alguna manera, la vida se las había arreglado para escabullirse de ella. ¿Qué fue de todos aquellos sueños de jovencita? ¿De todas las cosas increíbles que había querido hacer? ¿Acaso no había querido cambiar el mundo? Aquellos eran los sueños ingenuos de una chiquilla, y el mundo se había hecho demasiado grande y exigente para que sus sueños juveniles sobreviviesen. Teresa sentía dentro de sí un inmenso agujero, y era allí donde moraba a diario. Había querido hacer realidad sus sueños en lugar de hacer de su realidad un sueño.

Una noche, antes de acostarse, Teresa se miró en el espejo del cuarto de baño y vio reflejada en él una cara vieja y triste. Las lágrimas empezaron a brotar de sus ojos. ¿Era esto? ¿Así era su vida? Teresa, que había sido una chica llena de alegría y juegos, ya no podía reírse, ni siquiera de sí misma. Las lágrimas se derramaban por sus mejillas. Teresa abrió los grifos del lavabo y llenando las manos de agua clara y fría se las llevó a la cara...

CAPÍTULO TREINTA Y UNO

*~ El mundo nos enlaza a él: cada una de nosotras pertenece
al mundo, pero cada quien a su manera diferente ~*

La suave mano de Madre retiró su cabeza. El agua clara y fría de la fuente goteó de su rostro. Allí estaba Teresa, al sol del amanecer, jadeando con el corazón palpitante. —¿Cuánto tiempo estuve con la cabeza bajo el agua? —Teresa sacudió el agua de su cara mojada.

—Unos dos segundos —replicó Madre.

—Dos segundos y toda una vida —Teresa se sentía mareada.

Madre asintió con la cabeza al comentario de Teresa.

—Pertenecemos al mundo de maneras diferentes, mi niña. Y hay infinitos hilos con los que podemos enlazarnos.

Teresa permaneció en silencio, sin saber qué decir, ni siquiera *cómo* decirlo. En dos segundos había sentido toda una vida de experiencia. Y también la había vivido sin conocer la especia. Teresa había experimentado lo que se siente realmente cuando se tiene un agujero por dentro. Y nunca más quiso experimentar ese mundo.

La habitación de estudio estaba otra vez llena con las dieciséis chicas. Madre dirigía otra de sus «reuniones de la especia» y las chicas estaban impacientes por escuchar sus palabras.

El trajín se detuvo cuando Madre entró en la habitación. Antes de sentarse miró a su alrededor.

—Ah, ha habido otra luna llena —dijo antes de alcanzar su taza de té—. Hoy quiero tratar de la atención y la responsabilidad, algo parecido a lo que hablamos en nuestra última reunión. Confío en que todas habréis tomado en consideración lo que debatimos previamente.

Las dieciséis asintieron con atención. Madre sonrió; sintió el cambio repentino de energía cuando cada una intentó conscientemente estar atenta y presente.

—Es sorprendente lo que un apacible recordatorio puede hacer —dijo suavemente casi para sí misma. Tomó otro sorbo de té y dejó escapar un leve suspiro—. Sí, bueno, tenemos que prestar atención al hecho de que el mundo nos enlaza a él: cada una de nosotras pertenece al mundo, pero cada quien a su manera diferente.

Antes de continuar, Madre echó un rápido vistazo hacia donde se sentaba Teresa.

—Debemos aprender lo que nos une, y lo que son esas uniones, ya sean cadenas, obligaciones o voluntad de servicio. Lo que nos une también puede ser lo que nos nutre. Aprendiéndolo, también encontramos en el mundo nuestras oportunidades para la libertad, y los medios que nos ayudan, especialmente en nuestro servicio. En este mundo nada carece de motivo o razón. Mediante la atención podemos desarrollar nuestra presencia individual. Es decir, podemos crear un punto de energía que existe en este mundo, en esta realidad y que puede delinear los acontecimientos que nos rodean. De esta manera podemos *jugar* el juego en lugar de que lo jueguen por nosotros. Es crucial que desarrollemos nuestra presencia atenta. De otro modo, permanecemos como una presencia anodina dentro de la masa. No nos individualizamos.

Aquí, Madre hizo una pausa para que sus últimas palabras surtiesen efecto. Teresa había llegado a darse cuenta de que Madre usaba sus pausas como marcadores. Eran acciones intencionadas y no de esas que de manera casual o automática se asocian normalmente con la manera de hacer pausas de la gente.

—Sobre este planeta hay menos individuos de lo que generalmente se piensa —continuó Madre—. Convertirse en un individuo unificado precisa desarrollo. Hasta ese momento, una persona es reflejo de un grupo, llamadlo un alma grupal, como se conoce más ampliamente este término. Esta es la razón por la que tanta gente exhibe un comportamiento predecible y similar. Si observáis, si estáis atentas, reconoceréis que hay mucha gente que os recuerda una *característica personal* particular. Conociendo este rango de rasgos, podemos entender a muchísima gente que encaja en esas agrupaciones. Aún no son personas totalmente individualizadas y como tales son entes más triviales. Esta es la razón por la cual algunas instituciones sociales tienen tanto éxito en sus manipulaciones: interesan a un conjunto de mentes grupales más fáciles de persuadir y, desafortunadamente, más controlables socialmente, pero no resultan atractivas para las personas totalmente individualizadas. La individualidad es la excepción, no la regla. Una característica muy extendida es que la gente busca olvidar. Puede que no se dé cuenta de que esto es lo que hace porque lo llama de otra manera. A través de la búsqueda de diversiones y distracciones placenteras, realmente están tratando de olvidar. Mientras que *nosotras* estamos aquí para no permitirnos olvidar. Es nuestro deber. Hay tanta gente que vive sus vidas superficialmente, que no está atenta a la vida. No captan las fragancias de significado que pasan rozando sus sentidos. Esta gente regala flores sin intención interior real. Ponen en su comida la especia del azafrán sin la debida reflexión o reconocimiento. Es por esto por lo que las recolectoras de azafrán son tan necesarias: el sabor de la especia llega como un recordatorio importante. Es responsabilidad nuestra actuar sobre la ignorancia de los otros, ponemos en su comida las especias de sentido y significado; les tendemos la mano y tocamos sus mundos de maneras desconocidas para ellos. Dotamos sus vidas de algo especial: aromatizamos su mundo justo con una pizca de esencia. Todo esto se hace sin que la mayor parte del mundo lo sepa o incluso lo sospeche. Somos sutiles, muy sutiles, queridas mías. La atención de la mayoría de la gente se pone en lo obvio, en tanto que nosotros trabajamos con los detalles. Nuestros resultados son microscópicos, no aparecen como grandes gestos que incendian el mundo. Pero suficientes gestos microscópicos, con la intención correcta, servirán para crear ese gran fuego que no quema a nadie pero ilumina a todos. Trabajad con gestos eficientes, no con grandes oleadas radicales ilusorias.

Madre trazó un gran barrido con la mano y descansó haciendo otra pausa.

A Teresa le estaba resultando especialmente difícil permanecer atenta a lo que decía Madre. Las chicas tomaban notas, como siempre. Pero en el caso de Teresa su mente, todo su ser, aún albergaba los fragmentos del recuerdo de su otra vida, aquélla en la que se casó y envejeció sin la especia, sin verdadero sentido. En cierta manera o forma, Teresa realmente había atravesado realidades, y en esa encrucijada había vivido una vida que al final había sido triste y dolorosa. Se preguntaba cuánto conservaban todavía de su otra vida su cuerpo o su memoria física. ¿O era sólo su mente la que interpretaba una y otra vez la misma grabación?

La taza de té tintineó al chocar contra el plato. Teresa se sintió sacudida de vuelta a la presencia atenta.

—Nuestra «realidad cósmica» —continuó Madre— no es la expresión de ecuaciones matemáticas. Es el juego de fuerzas poéticas y, como una criatura, está ebria de amor y asombro, y de la gozosa curiosidad de la aventura. ¿Y queréis saber uno de sus secretos? Es el deleite... el gozo es el secreto que se halla escondido tras todo lo que veis en este mundo; es lo que le da a la especia del azafrán su sabor especial: las burbujas invisibles de deleite que mantienen unidas las moléculas de la especia. El regocijo se sumerge en cada forma, de manera que se le puede encontrar innumerables veces: una gloriosa reunión sin fin, un número infinito de oportunidades de encontrar ese deleite. Y, aún así, en medio de este regocijo están las fuerzas de la división y la ignorancia, que conducen nuestro mundo y que nos hacen ver las cosas de una manera diferente. Si pudiésemos juntar todo el gozo sería la especia más dulce del mundo, y se podría poner una gota en la lengua de cada uno, y sin decir ni palabra todos podríamos compartir la experiencia de ese gusto, sin tener que arruinarla traduciéndola a garabatos en el aire que forman palabras. Y en cada gota habría un reconocimiento de todas las demás gotas, como si probando una pudieses probarlas todas. Entonces eso estaría más allá de las palabras: simplemente *degustaríamos* y *sabríamos*.

Otra pausa. Esta vez una de las chicas levantó la mano.

—Y ¿cómo puede una persona encontrar ese deleite?

Madre sonrió.

—Sin perseguir los deseos como si fuesen deleites, sino conquistando las fantasías que el mundo te lanza.

Madre vertió el resto del té en su taza.

—La flor del azafrán entrega su especia alegremente, jugando su imperecedero juego de amor, como un niño eterno en un jardín perpetuo. Vosotras sois como la especia del azafrán, queridas. Y la próxima vez debatiremos sobre la especia. Sólo nos quedan dos reuniones de la especia.

Madre se levantó y se fue.

CAPIÍTULO TREINTA Y DOS

~ Donde hay carencia hay necesidad. Reconocer esa
necesidad es nuestra función ~

Después de la clase de estudio las chicas se marcharon a sus respectivos quehaceres de responsabilidad. Teresa y Tibby entraron en la biblioteca para continuar con sus tareas que consistían sobre todo en reorganizar los libros y volver a colocarlos en sus estantes. A veces tenían que abordar una petición expresa, que quería decir buscar un libro, de lo que ambas chicas disfrutaban. La parte más aburrida era la catalogación, que sólo era «papeleo» o eso decía Tibby suspirando. No obstante, el tiempo que pasaban juntas en la biblioteca también era una oportunidad para que las dos chicas trabajasen juntas, y de tal forma llegasen a saber más acerca de sus correspondientes actitudes.

Pero cuando hablaban tenían que hacerlo en susurros.

Tibby dio un leve empujoncito a Teresa.

—La cosecha se acerca. ¿No estás nerviosa? —Teresa se encogió de hombros.

—No realmente. Es más como una mezcla de estar ávida e inquieta. Lo hemos estado esperando mucho tiempo. Pero aquí debemos estar preparadas —Teresa señaló el lado izquierdo del pecho y Tibby asintió.

—¿Crees que seremos capaces de comunicarnos realmente con el azafrán?

Teresa colocó un gran libro viejo, con su número de catálogo 0786, en su estantería y se volvió para mirar a su amiga.

—*Tenemos* que ser capaces de comunicarnos. La esencia de la especia tiene que llegar al mundo a través nuestro. Sabes que tenemos que ser ese canal.

Tibby torció el gesto como si considerase, o más bien masticase algo. Luego sonrió. Tibby parecía saber cómo encontrar una solución al aluvión de pensamientos en su mente. Nada la retenía durante demasiado tiempo.

—Eres tan organizada y tan disciplinada, Teresa.

En ese momento la señora Morag se acercó a las dos chicas acarreando un manojo de libros.

—La buena organización y la disciplina son esenciales para que una biblioteca funcione bien —La vieja señora colocó los libros sobre la mesa frente a ellas, junto a los demás que tenían que recolocarse—. Y para muchas más cosas aparte del funcionamiento de una biblioteca. Lo que hacéis aquí sólo es la punta, *nosotras* vamos mucho más hondo

La señora Morag dirigió una sonrisa amistosa a ambas chicas y se fue.

Al final de su turno Tibby estaba lista para partir, pero Teresa dijo que quería quedarse y encontrar algunos libros para leerlos personalmente.

—Está bien, «cuerpolibro», —dijo Tibby mientras daba un abrazo a Teresa y se marchaba.

Teresa se quedó a la puerta del despacho y golpeó con suavidad en su marco de madera.

—Entre —respondieron.

La señora Morag miró hacia arriba cuando entró Teresa.

Teresa anduvo hacia el otro lado del despacho donde la señora estaba sentada en su escritorio.

—Me preguntaba si había alguna otra cosa en la que podría ayudarle —mientras hablaba Teresa sintió como si los ojos verdes de la señora penetrasen a su través. La señora Morag sonrió.

—Bueno —dijo—, parece que me he olvidado de cerrar la puerta. ¿Te importaría cerrarla por mí?

Teresa sintió que una repentina ráfaga de hormigueo llenaba su estómago al darse cuenta de que había entrado en el despacho dejando la puerta abierta. *¡Qué irreflexivo por mi parte!* Teresa reconoció que la vieja señora le estaba ofreciendo una manera de remediar la situación sin necesidad de avergonzarla.

—Sí, por supuesto —Teresa cerró la puerta y volvió a donde estaba.

—Sólo nos quedan unas cuantas semanas, y quería saber si había algo que usted necesitaba que hiciese —Teresa sonrió y esperó.

—¿Algo que yo necesite que hagas? ¿O algo que me gustaría que hicieses? Estas dos cosas son muy diferentes. La mayoría de las veces, lo que queremos no es lo que necesitamos —la señora Morag volvió a su papeleo.

—¿Qué es la necesidad, entonces? —preguntó Teresa. La señora miró hacia arriba.

—Donde hay carencia hay necesidad. Nuestra función es reconocer esa necesidad, y nuestro servicio cubrirla. Lo que hacemos es muy exacto y preciso, se podría decir que es como una ciencia. Trabajamos con cantidades correctas y cualidades específicas. Esa es la razón por la cual las flores son excelentes transportadoras, y por supuesto para nosotras el azafrán es la más exquisita. Gracias, Teresa, por ahora no necesito nada.

—Gracias, señora Morag.

Teresa se volvió y silenciosamente dejó la habitación. Esta vez se aseguró de cerrar la puerta tras ella.

El resto de los días pasaron con las horas llenas. Desde que se levantaban temprano hasta la hora de irse a la cama todas las chicas del piso de Teresa se mantenían ocupadas con tareas que hacer. Ahora las dieciséis chicas, a pesar de sus diferentes tareas, estaban acostumbradas a pasar el tiempo juntas en estrecha proximidad. Algunas de esas tareas suponían trabajar en los campos cuidando las flores de azafrán, lo que también implicaba arrancar las malas hierbas que crecían alrededor de las flores. A Teresa siempre le gustaba esta parte; había algo en ahondar en la tierra, en el terreno fértil, que nutría un parte de ella.

Teresa estaba arrancando hierbas cuando Beatriz se le acercó con una regadera en la mano.

—Eh, Teresa, ¿por qué te veo siempre arrodillada cuando estás aquí? —Teresa miró hacia arriba.

—Estoy más cerca de la tierra, supongo.

—¿No está ya suficientemente cerca? Estamos fuera en estos campos la mayoría de los días.

—No creo que sea cuestión de distancia, quizá tenga más que ver con tocar.

—Bueno, chica, pienso que ya estamos tocando suficientemente las flores; un poco más y nos convertiremos en hadas.

—Demasiado tarde, ya somos hadas —Teresa sonrió.

Beatriz levantó una ceja inquisitiva.

—¿Sí, eso crees?

—Estoy segura, todas las recolectoras de azafrán son hadas ¿no lo sabías?

—Supongo que no.

—Es exactamente lo mismo con otro nombre.

—Bueno, puede que tengas razón, hermana… quizá tengas razón.

Beatriz se fue con la regadera en las manos.

Teresa excavó con las manos en la tierra para alcanzar las raíces de las malas hierbas; tenía que llegar hasta ellas. Tenía que hundir sus manos en la tierra profundamente.

Todas las chicas se estaban preparando para irse a la cama. Alicia y Abigail estaban mirando por la ventana al cielo nocturno. Los anocheceres de verano caían en la oscuridad más tarde. A menudo, en los cielos nocturnos había una luminosidad, como si el sol hubiese cargado adicionalmente los planetas para que brillasen más resplandecientes. Esa noche las chicas estaban mirando otra luz deslizarse.

—Creo que mañana es luna nueva —dijo Abigail, con la cara apoyada cerca de la ventana y con Alicia reposando sobre su hombro.

—No queda mucho —añadió Tibby desde donde estaba sentada en su cama.

—¿Estáis listas?

Alicia se volvió y retirándose el pelo de la cara dijo:

—Siento algo diferente por dentro, ¿no os pasa a vosotras?

—¡Puede que estés haciendo crecer tu propia flor de azafrán dentro de ti! —dijo Abigail mientras daba un beso en la mejilla a Alicia.

Teresa desató el blanco pañuelo de blonda de su pelo.

—Quizá seamos *nosotras* las que vamos a ser cosechadas.

Todas las chicas se rieron excepto Teresa. No estaba segura de estar bromeando.

CAPÍTULO TREINTA Y TRES

*~ No estáis aquí para desarrollaros, estáis para
desplegaros ~*

En esta ocasión, antes de que las chicas entrasen en el cuarto de estudio, había entre ellas una notable sensación de expectativa; o más bien una ansiedad silenciosa. La luna nueva había llegado y con ella la penúltima «Reunión de la Especia» de Madre, tal como ella las había llamado. El verano había ido pasando sin que apenas se diesen cuenta. Entre las intensas horas de estudio, trabajo, responsabilidades y otras formas de preparación, los días de verano habían transcurrido rápidamente. Sólo con los juegos semanales de *Sóftbol del Azafrán* habían podido participar en juegos físicos. E incluso entonces habían sido una forma de «juego disciplinado», si es que existe ese término. Parecía que todo conducía hacia el mismo propósito y no era una coyuntura de acontecimientos aleatorios. Todas las chicas del grupo de dieciséis lo habían sentido, aunque ninguna más que Teresa. Si se pudiese decir que su cuerpo vibraba, en tal caso zumbaba literalmente.

Las dieciséis chicas entraron una a una en la habitación invitadas por la asistente personal de Madre, la señora Aisha. La silla tapizada estaba dispuesta como siempre junto a la mesita circular de madera de una sola y delicada pata, sobre la que reposaba la tetera de cerámica con su taza de té decorada. Teresa sabía que dentro de la tetera había una infusión caliente de té verde de jazmín.

Madre se acercó desde el fondo de la habitación. Se movía con elegancia y armonía, como si cada una de sus células estuviese en constante comunicación. Se sirvió una taza de té y a continuación se sentó con elegante facilidad. Se llevó la taza a la nariz y actuando de manera cuidadosa y deliberada aspiró el vapor. Luego tomó un sorbo de té antes de volver a posar suavemente la taza sobre la mesa.

—Podéis percibir la mezcla; la manera en la que se ha unificado. No cabe duda alguna sobre la plenitud, la integridad de una cosa —Madre miró alrededor de la habitación a cada una de las chicas.

—Hoy, —continuó—, quiero hablar un poco de la especia.

Algunas chicas se removieron inconscientemente como si

la mera mención de la especia catalizase una reacción en sus cuerpos. Madre sonrió, como si lo supiese.

—La especia del azafrán combina las cosas al unísono; añade algo especial a lo que ya existe para crear otra cosa, algo diferente de lo que había antes. La especia es un catalizador; sabe como recoger lo que había antes y volverlo a mezclar. Si en nuestro mundo no existiesen esas funciones combinatorias ya se habría caído a pedazos. Mezclar es también pegar.

Madre juntó las palmas de las manos y las entrelazó, con sus finos dedos solapando sus huesudos nudillos. Teresa notó que la piel de sus manos estaba ligeramente arrugada, aunque era suave.

—Mezclar no es separar. Si tomáis *esto*, entonces ignoráis *eso*; y si sólo tomáis *eso* ignoráis *esto*. Sólo mezclándolos juntos podéis producir una fuerza mucho más sutil. No trabajamos produciendo festines acabados o delicias suntuosas: solo lo hacemos diseminando aromas sutiles para ayudar al proceso. ¿Y qué es este proceso, podéis preguntar? Os lo diré: consiste en cocinar internamente con lentitud los aromas requeridos para el crecimiento humano. La especia trabaja con nosotras, y en su ofrenda no rechaza nada digno de sus sabores.

Algo se agitó dentro de Teresa, como si una bola de energía se hubiese formado en el centro de su pecho. Eso era: aquel era el momento que *conocía*.

Madre lanzó una mirada a Teresa.

La vieja dama, de apariencia refinada y elegante en su silla, dio un cuidadoso sorbo a su taza de té como si gozase de todo el tiempo del mundo, pero en la habitación todas, especialmente Madre, sabían, por contra, que el tiempo era extremadamente esencial.

—A casi todo el mundo le falta un aroma esencial en su vida —continuó Madre tras posar su taza de té—. Nadie está completo al respecto, o solo muy pocos; el resto carece de él. Es un hecho simple, y muy evidente, y aún así la mayoría desconoce dicha carencia o no la reconoce por lo que es. Se dicen a sí mismos que es alguna otra cosa: aburrimiento, frustración, depresión, decepción profesional o un corazón roto. Lo llaman de muchas maneras y, aún así, continúan sin poder identificar qué es. Sobre esta tierra, en *nuestro* mundo, siempre se necesita un ingrediente extra: nadie puede recorrer solo el camino. Cada persona, de una u otra manera, requiere un toque de la especia. Hay muchas maneras de usar la especia, numerosos caminos sutiles de entrar en la persona. Donde hay carencia hay necesidad: reconocerla es nuestra función.

Teresa reconoció esta frase de inmediato. La había dicho hacía muy poco la señora Morag. Era como si el organismo integral que era la Casa del Azafrán para Niñas hablase con una voz, una mente y un corazón.

Madre hizo otra pausa. ¿Era para que las chicas recabasen

sus pensamientos, su atención o sólo había sido para que Teresa recordase, registrase e imprimiese en su interior aquel preciso instante? Y sin embargo Madre hablaba para todas ellas, como si… como *si* fuesen una sola mente, un corazón… un hilo de oro…

—Para paladear el alimento y el sabor de la comida, una persona tiene que saber, no desear saber, el origen o el uso específico de cada ingrediente activo. La función del chef es proveer la comida en el mejor estado para su digestión y disfrute, no llega con una receta adjunta. *Cuando sabes que la gente tiene hambre no le hablas de recetas.* Para animar a los niños pequeños a comer a menudo hay que hacer volar la comida como un avión hasta su boca: lo hacemos interesante de manera que el niño quiera comérsela. ¡Esto no se diferencia de cómo se suministran otro tipo de nutrientes a la gente de este mundo!

Algunas chicas se rieron. Una cucharada de comida volando hacia la boca de una criatura era una imagen peculiar. Pero cuando Teresa lo pensó supo que también era muy, muy adecuada. Madre sonrió y asintió con la cabeza, como si también estuviese compartiendo y saboreando en su mente la misma imagen.

Madre tosió levemente, y el silencio retornó a la habitación como una suave sábana de lino extendida sobre una cama.

—El poder de la especia es que es contagiosa. Contiene un

ingrediente especial, un centro excepcional de gravedad, que puede propagarse como una bendición viral. Se podría decir que todo existe gracias a la especia, cualquiera que sea la cantidad. No hace falta que sean grandes cantidades, puede estar en la menor de las gotas, en la escurridura más fina; pero debe estar presente. Es una parte de nuestras vidas, de la de todas nosotras, y vibra a través de cada cosa viviente. Recordad que todas las vibraciones son contagiosas, para bien o para mal. Todos existimos en un ambiente contagioso en el cual debemos escoger qué energía compartir: la armónica o la inarmónica. Estamos aquí para servir de transmisoras de la especia, ¡y en eso todas somos seres contagiosos! —Al decir esto, Madre dejó escapar una de sus infrecuentes pero muy queridas risas.

Al mismo tiempo un rayo de luz solar atravesó el cristal de la ventana para caer por toda la habitación. Se sentía cálido, como si un momento dorado hubiese venido a participar del amor compartido en la habitación. Como un cachorro de perro meneando la cola, el universo deseaba mostrar su cariño. Y durante un breve momento los segundos se detuvieron, el cosmos dejó de girar, nada era real, todo era correcto, y todo simplemente *era*.

El corazón de Teresa casi se detuvo también: al menos omitió uno o dos latidos. Y a continuación el mundo volvió de nuevo a su ser. Teresa notó que Madre la había estado mirando, y la impresión de aquella mirada fundió algo dentro de Teresa. Madre encaró la clase.

—Algunas personas piensan que la verdadera sabiduría es algo separado de la vida. ¿Está el aroma de la especia separado del sabor de la comida? ¿Cómo puedes esperar entender si no te puedes colocar *en* la vida y empezar por obtener alimento del mundo que te rodea? Sí, es un mundo de apariencias; pero las apariencias se te *aparecen* por una razón. En primer lugar aprende de ello.

Madre, tomando un largo sorbo de su taza de té, creó otro de sus deliberados momentos de «stop». El momento, las palabras, la sensación, se habían registrado e impreso. Al menos dentro de Teresa.

—No estáis aquí para desarrollaros, estáis para desplegaros. Ya contenéis la esencia, no podéis desarrollaros en eso, pero podéis permitir que se despliegue y se extienda de la manera más correcta y armoniosa. Aquí no ofertamos ningún complemento. No somos una fábrica con piezas extra. Nuestro interés concierne a lo que ya existe en vosotras: siempre ha existido y siempre existirá. La cuestión es ¿cómo podéis aportárselo al mundo? Recordad esto: la especia saca el mejor de los aromas de aquellos que mantienen su equilibrio vital.

Recordad esto... Recordad esto... mientras las palabras entraban en su interior, Teresa sintió como si una parte de ella –o *ella* misma– se hubiese dislocado de su cuerpo.

—¿Y entonces qué pasará?

Teresa miró a Tibby que acababa de hacer la pregunta. Ambas estaban de pie junto a una de las ventanas del corredor que daba al gran patio donde hacían gimnasia. El cielo nocturno estaba lleno de estrellas y parecía una guía de las galaxias.

—Yo espero que después de la primera cosecha habrá otra.

—¿Y luego qué?

—Y luego otra y otra —replicó Teresa mientras miraba hacia afuera.

—¿Y cuántas más? —Tibby parecía abstraída en sus pensamientos.

—Tantas como sea necesario.

—¿Por qué dices eso? Todo suena tan vago —Teresa dejó escapar un leve suspiro.

—No, yo pienso que está muy claro. Tomará las que sean precisas hasta que *lo tengamos*. La cosecha trata de nosotras. Las flores de azafrán se ponen en la tierra cada primavera y su especia se cosecha en otoño. Pero nosotras siempre estamos sobre el suelo, en la tierra, y siempre estamos creciendo… y podemos ser cosechadas en cualquier momento, una vez estemos listas. Y entonces, y solo entonces, podemos transportar la especia con nosotras.

Tibby se volvió para mirar a Teresa.

—¿Por qué dices eso? ¿Cómo lo sabes?

—No lo sé. Simplemente… siento…

Una estrella cruzó el cielo y se esfumó.

CAPÍTULO TREINTA Y CUATRO

*~ La humanidad, en su estado natural, busca estar en
armonía con su mundo ~*

Todas las chicas se mezclaban en el césped. Se había dispuesto que el último partido de *Sóftbol del Azafrán* marcase el fin la temporada veraniega y la inminente llegada de la cosecha.

Teresa estaba de pie a un lado del campo sola, considerando qué iba a decir a su equipo. En ese momento, casi de repente, apareció por su lado la figura de Madre.

—¿No pensarías que me iba a perder el partido final de la temporada, verdad?

Teresa sonrió.

—De alguna manera esperaba que no lo haría.

Madre sostenía un parasol para mantenerse a cubierto del

sol de la mañana.

—No, difícilmente podía mantenerme alejada. Después de todo es un juego tan maravilloso. ¿Cómo se te ocurrió?

Teresa se encogió de hombros.

—No lo sé. Simplemente fue como si un día me llegase.

—¡Qué interesante!

Teresa sintió una ingenuidad ficticia deliberada por parte de Madre. Teresa se volvió para mirar a la vieja señora a la cara. Los ojos de Madre brillaron, casi maliciosamente.

—Sí, toda una coincidencia —replicó Teresa con un tono similar.

—¡Claro!

—Como si simplemente hubiese sido impulsada a concebir la idea.

—En efecto.

—Cómo si de alguna manera fuese una buena idea reunir a todas las chicas. Es casi como si la razón no fuese el deporte, sino simplemente el *estar juntas*.

—Mmm… interesante, ¿no es así? —Esta vez fue Madre quien se volvió hacia Teresa—. Simplemente estar juntas, me gusta ese pensamiento.

—En efecto —replicó Teresa—. Es como si nuestro estar juntas se conectase con algo más… en algún otro lugar.

—¿Y qué te hace pensar eso, querida? —Madre sonrió y se marchó a reunirse con algunas otras señoras que estaban en el campo.

En efecto, susurró Teresa entre dientes.

Teresa había dicho a su equipo que pensase en el juego como un cuerpo completo. Cada parte debía trabajar a la vez, orgánicamente, en armonía. También que todas debían adaptarse al juego y no ser rígidas. Nunca se repite el mismo esquema, les dijo a sus compañeras de equipo. Jugar el partido no consistía en esperar que pasasen cosas, se trataba de *sentir en* cada momento.

—Quiero que sintáis a cada una de las demás jugadoras —había dicho—. No son vuestras adversarias, son otra parte de vosotras mismas.

Cada una de las otras chicas de su equipo escuchaba a Teresa, la respetaba y ya se había percatado de las percepciones que Teresa tenía con frecuencia.

—No juguéis para vosotras ni para mí —les había dicho—. Jugad por lo que es más grande que todas nosotras. Jugad por esa parte de vosotras mismas que sabe que hay una razón para esto, que es estar todas juntas y también muchísimo más. Jugad por todos esos *juntos* que se unen en uno. Jugad por vuestras hermanas, por la raza humana, por toda la tierra… jugad por las estrellas, los cielos, y todo lo que siempre existió. Si no jugáis por lo eterno, por el *todo que es,* en tal caso sólo estáis jugando vuestro propio jueguecito. Y entonces es vuestro propio pequeño mundo. Y todos vuestros significados se detendrán una vez finalice el juego. Llevémonos algo más grande, *algo más allá*. Seamos una parte de ese ingrediente especial que está en cada átomo y cada corazón. ¡Juguemos con reverencia, con amor!

Teresa había dejado que las palabras cayesen de sus labios. Cuando hubo terminado todas las chicas la estaban mirando con asombro en sus caras… y casi con lágrimas en los ojos. Fue como si hubiesen acabado de darse cuenta, en aquel preciso instante, de que la vida era… era muchísimo más, y en esa comprensión hubiera tanta belleza que el cuerpo humano apenas podía abarcarla.

El equipo se reunió en silencio y compartió un abrazo.

Sí... pensó Teresa: todo consistía en estar juntas.

La señora Morag estaba recolocando los libros en sus estantes cuando Teresa entró en la biblioteca. La jovencita se mantuvo en silencio, observando a la vieja señora mientras ésta tomaba un libro y recorría con la mano el estante antes de colocarlo en un hueco.

—Se diría que sabe donde encajan todos los libros.

La señora Morag sonrió, pero no volvió la cabeza ni

respondió. Teresa la observó durante unos cuantos minuto antes de darse cuenta de algo.

—¡Ni siquiera está leyendo los números clasificatorios!

La señora Morag se limitó a encogerse de hombros.

—Los libros saben dónde van.

Teresa caminó hasta que estuvo junto a la señora Morag.

—¿Cómo lo sabe? —preguntó tras observar un rato más.

—Los libros tienen sus sitios correctos. Todo tiene una armonía esencial. Cuando alteramos esa armonía, entonces tenemos problemas. Y créeme, somos *nosotras* quienes la perturbamos. Así que, dejemos que todo encaje.

Tras unos minutos más la señora Morag acabó lo que estaba haciendo y se fue a otra mesa donde había una pila de libros. Hizo señas a Teresa de que la siguiera.

—¿Por qué no lo intentas? Vamos, coloca los libros donde sabes que deberían estar, ¡y no leas los lomos!

Teresa tomó uno de los libros y le dio la vuelta en sus manos. Sintió el libro, pero no entre sus dedos.

La vieja señora la observaba.

—Justo como hiciste durante el partido esta mañana: confía en esa armonía. Ya sea sóftbol o un libro, sabes cómo funciona.

Y diciendo eso, la señora Morag se marchó, dejando sola a Teresa.

CAPÍTULO TREINTA Y CINCO

*~ Vuestro papel es proveer a otros, a quienes no saben o
no sospechan ~*

La noche anterior había visto la luna llena colgando del cielo como una gigantesca nave circular que observase la Casa del Azafrán para chicas.

Aquella mañana todas las chicas del corredor se despertaron con un presentimiento expectante. Hoy era la última Reunión de la Especia con Madre. Todas se lavaban emocionadas entre un murmullo de susurros y risitas y empujoncitos ocasionales. La última de las reuniones de la especia señalaba también que la cosecha estaba cerca, y esa era la verdadera razón que energizaba a las dieciséis chicas mientras se preparaban para el día que comenzaba.

El otoño había llegado y, no obstante, los días cálidos continuaban. En la parte del mundo donde estaba la Casa del Azafrán para chicas, los días eran largos, la luz brillante y los inviernos más cortos. Era un clima estacional ideal para que las flores del azafrán creciesen en los campos y para que las chicas se educaran en el camino del azafrán.

El cuarto de estudio, adjunto a la biblioteca, zumbaba de vibrante energía femenina. La habitación se sentía como un cálido lecho propicio para la conversión de semillas en flores, y de éstas en el flujo de sus esencias. Ya sea néctar o especia, la esencia de cada cosa viviente busca liberación y comunión al mismo tiempo.

El vapor de la tetera era visible acurrucándose contra los errantes haces de luz solar otoñal que irrumpían en la habitación. Antes de que las chicas entrasen pausadamente Madre ya estaba sentada en su silla. Cuando miraba a través de la habitación a las caras de las jovencitas había serenidad en el rostro de la vieja señora. Teresa no podía estar segura de si semejante calma se debía a aquel momento en particular o a que Madre había presidido estos momentos en numerosas ocasiones y ahora, dentro de ella, todos los recuerdos convergían en uno solo.

—Nuestra última luna llena ha llegado y el camino de las recolectoras del azafrán está ante nosotras.

Mientras Madre hablaba, un silencio que parecía conectar todos los sentidos en uno colectivo compartido, se extendió por la habitación. Todos los ojos, oídos y corazones se centraban sobre la dama sentada que ahora, notó Teresa, de repente por primera vez parecía delicada. Su constitución era delgada y casi frágil, amparada tras los pliegues de su largo vestido blanco vaporoso. En la habitación todos los corazones latían dentro de los cuerpos expectantes de sus huéspedes hasta que pareció que se sincronizaban y latían al unísono.

Madre se inclinó levemente hacia delante, como para proyectar más lejos en la habitación el sentido de sus palabras.

—Hablemos hoy sobre la recolectora del azafrán porque la cosecha está próxima. En este mundo la recolectora de azafrán es una fugitiva, una forastera interior que sostiene la copa llena del aprecio y el agradecimiento más dulces y profundos. La recolectora de azafrán respeta simultáneamente dos estados fundamentales del ser: libertad y servicio. Ambos estados no son contradictorios, como podría parecer, sino que cuando están en la relación adecuada son, de hecho, extremadamente complementarios. Como llegaréis a aprender y entender, la verdadera libertad es estar al servicio. Y el servicio verdadero trae con él una libertad definitiva. Sólo las opiniones y falsas percepciones de este mundo crean las contradicciones y la confusión. El camino de la recolectora de azafrán es increíblemente armónico, tal y como tiene que ser. La manera en la cual la flor del azafrán provee su especia es un acto armonioso. No hay contradicción o conflicto en la donación de este valioso regalo. Así que nosotras también debemos reflejar en nuestras propias vidas esta armonía natural. Si en nuestras vidas cotidianas hay una fricción desagradable, o un conflicto de energías, es que hay algo que no estamos haciendo correctamente. Esta incomodidad es un signo de cierto desajuste, una señal de que algo en nuestro comportamiento, nuestra actitud, nuestro estado no está en armonía con las fuerzas naturales de la vida. La humanidad, en su estado natural, busca estar en armonía con su mundo. Lo inarmónico que existe en el mundo, fuera de aquí, es un reflejo externo del caos interno colectivo de la humanidad. Compartir la especia del azafrán es una forma de tratar de reducir ese desbarajuste y buscar el camino natural de la armonía.

Madre hizo una pausa para tomar un sorbo de té. Nadie se movió en la habitación. Todas estaban quietas, silenciosas, sin una brisa que meciese sus pétalos. Dentro de cada una la especia estaba desplegándose y acercándose a la maduración.

—Dando, no os vaciaréis —continuo Madre—. Al contrario, os llenaréis, os recuperaréis de manera que tengáis más que dar. No seáis ese tipo de persona que inconscientemente les quita a otras: vuestro papel es proveer a otros, a quienes no saben o no sospechan.

Una amplia sonrisa estalló en la cara de la vieja señora, como si alguna especia jocosa se hubiese filtrado en su garganta y mezclado con los tejidos y fibras de su cuerpo.

—Las flores del azafrán ríen con nosotras, se convierten en nuestras bocas y voces alabando al sol. Las flores del azafrán tienen su propio y exclusivo lenguaje aromático; hablan con tanta suavidad que tenemos que esforzar nuestros sentidos para percibirlo; la fragancia del azafrán venera cada nuevo día: son las compañeras secretas del mundo.

Madre echó un vistazo alrededor y mirando a cada chica a los ojos oteó, más allá de la abertura del iris, el asentamiento más profundo donde yace anidada cada esencia.

—Estamos aquí para florecer como las flores del azafrán adorando al espíritu invisible que sopla a través nuestro. Las flores del azafrán también son mensajeras. Pueden transmitir vuestros mensajes, o los mensajes de otros, si conocéis este arte de comunicación. Yo he recibido muchos mensajes de mis flores del azafrán. Una persona debe estar muy receptiva y extremadamente atenta para recibir y entender tales mensajes. Esta es la razón por la cual, originalmente, colocábamos flores en la tumba de una persona amada: a las flores se les encomienda un mensaje que enviamos al otro lado a nuestras personas queridas.

En aquel momento se abrió la puerta del cuarto de estudio y la señora Aisha entró con una pequeña maceta. Colocó cuidadosamente la maceta en la mesa junto a la tetera y, como si todo se hubiese coreografiado, volvió a salir sin decir palabra ni saludar con la cabeza. Madre se inclinó ahuecando las manos para sostener los pétalos lila de la flor; cerró los ojos mientras la olía. Cuando volvió a abrirlos Teresa creyó ver un centelleo en los ojos de la vieja mujer como si reflejasen una estrella celestial.

—Hice plantar ésta un poco antes —dijo Madre, y se permitió una risita privada —. Es una vieja costumbre mía, recibir la primera flor del azafrán de la temporada. ¡Estoy segura de que podéis perdonar a una vieja dama sus pequeños caprichos!

Una gran oleada de amor onduló por la habitación abrazando a todas. Teresa sintió que la envolvía y estrechaba su cuerpo con firmeza como si fuese un cálido abrigo que la protegiese.

—El hilo de oro —susurró Madre. Luego tendió la mano y tocó suavemente los pétalos de la flor del azafrán —. Sí, sí —dijo con suavidad para sí, como si sólo hablase consigo misma.

Madre se volvió para mirar al resto de los jóvenes rostros de la habitación.

—Digamos que hay un cierto *conocimiento*, que proviene de la especia de la flor del azafrán y que no se debe compartir hasta que hayáis experimentado por vosotras mismas el sabor de la especia; esto es necesario para ayudar a su maduración. A la mayoría de la gente, con razón, esto no le concierne: el camino del azafrán opera mucho más allá de ella. Como tal, la mayor parte de la gente de este mundo no tiene idea de lo que hacemos. Bien os podríais preguntar qué es lo que hacemos *realmente*. La respuesta es que damos sin que nadie sepa que lo hacemos. ¿Y queréis saber cuál es la parte más dura de lo que hacemos? Comportarnos como personas normales—. Una vez más, Madre se inclinó ligeramente hacia delante en su silla.

—Para quienes trabajamos con la especia del azafrán hay cuatro manos con las cuales laboramos: paciencia, compasión, comprensión... y haciendo las pequeñas cosas — A continuación se echó hacia atrás y cerró los ojos.

Madre permaneció con los ojos cerrados durante varios minutos y, aún así, parecía que el tiempo no sabía cómo pasar. En aquel momento Teresa sintió la intemporalidad, como si la habitación estuviese en el centro de todo, en el corazón del cosmos; un eje alrededor del cual giraban los cielos.

Teresa también sabía –*sentía*– que Madre está creando un momento, un espacio protegido, donde el significado de lo que acababa de decir se pudiese absorber. Madre necesitó un ratito antes de poder seguir con la siguiente fase de la cosecha. En la naturaleza todo requiere su tiempo de crianza.

—Ahora —dijo Madre—, continuemos.

—Sigamos a lo largo del sendero ante nosotras: ése que todas hemos recorrido desde que entramos por primera vez en este lugar. A este sendero –este *camino*– se lo conoce como el camino del azafrán, y no se trata de buscar lo sublime, o sentirse bendecido, o ser luminoso, y todo el resto de esos términos fantasiosos. Se trata de trabajo duro y alineamiento apropiado, y de proveer un servicio a los mundos visibles e invisibles de conformidad con la necesidad superior. Y puede que nadie os lo agradezca, excepto la luz que brilla dentro de cada átomo gracias a lo que hacéis. Pero tened la garantía de que no trabajamos solas, nadie trabaja aislado en el camino del azafrán. El trabajo que realizamos no proviene de una sola persona y no es para que lo reciba una persona sola. Hay otros que hacen un trabajo similar al nuestro, aunque no son como nosotras, ni nosotras como ellos. Y hay una excelente razón para ello. Porque lo que hacemos requiere una preparación muy específica. Todo lo que ha ocurrido aquí, en este lugar, bajo los auspicios de la Fundación Azafrán, ha sido para prepararos de modo que estéis listas para recibir este camino. Porque para poder dar, transmitir, antes debemos tener la capacidad de recibir, de otro modo ninguna transmisión resulta posible. Para este propósito se requieren nuestros cuerpos al igual que nuestro espíritu. Si éste no fuese el caso entonces la vida biológica en este planeta sería dirigida hacia otra función, un *potencial* diferente. Pero no, el aparato biológico humano tiene su función como otras formas en la Naturaleza. El cuerpo humano es como un molde en el cual vertemos la especia.

Mientras decía esto, Madre tomó la tetera y lentamente vertió el té en su taza hasta que estuvo llena.

—Como molde el cuerpo tiene sus limitaciones, pero como recipiente tiene un gran potencial para adaptarse a los tesoros que puede recibir. Confiad en que vuestro cuerpo, aunque físicamente rígido, es en efecto un compañero y un anfitrión maravillosamente versátil; y como tal sirve de conducto: como una autopista, se podría decir. La especia funciona y trabaja a través de la gente, y siempre ha sido así. No es algo abstracto, una noción vaga, etérea. No es una pintura expresionista o un poema surrealista. Es algo increíblemente real; y si se usa de la manera correcta posee un poder inmenso para operar a través y con la gente de todo el planeta. La flor del azafrán lo sabe y permite que se la cultive para este uso. Es una tradición tan antigua como las semillas de la flor… tan antigua como las semillas de la humanidad. Y ciertos individuos conscientes han actuado como semillas para la sociedad humana, justo como las células en el cuerpo humano. *Actúan* en la cultura en la que están para beneficio de todo el organismo. Estos impulsos pasan en gran medida desapercibidos y, aún así, son cruciales para la vida del organismo. Los cultivos, como las flores del azafrán, requieren los ingredientes necesarios de nutrición correcta, tiempo correcto –la plantación y la cosecha– y suelo fértil. No plantamos los bulbos de azafrán en invierno ni en un suelo árido. Las culturas humanas requieren las mismas consideraciones. Un cultivo debe tener varias semillas generativas a la que se les permita germinar en un suelo preparado, con las condiciones correctas. Como habréis podido daros cuenta, se trata de un proceso femenino. La siembra, la germinación, y la crianza dentro de un cuerpo son todos aspectos de lo femenino. Hay otros elementos *activos* que deben combinarse con esto, pero ése no es nuestro campo. Trabajamos con nuestras cualidades, con la naturaleza esencial de la especia. La recolectora de azafrán tiene como trabajo esencial entregar, lo que, aunque pueda pasar inadvertido, cumple un grandísimo servicio. Operamos dentro del cuerpo del mundo, en culturas por las que nos podemos mover fácilmente, y sólo se nos conoce por nuestro aspecto exterior. Pero *nosotras* nos reconocemos. No hay nada más noble que el reconocimiento interior de dos almas. Ahora nos embarcamos en nuestro camino, de la manera más adecuada para cada una de nosotras; en el servicio más apropiado a nuestra capacidad. Y esto es, ciertamente, una bendición y un privilegio sumamente maravillosos. Es un honor cumplir con nuestra parte, no solo para la especie humana sino también para nuestra gran familia cósmica. Ésta es nuestra función y ésta nuestra cosecha.

En este momento Madre se levantó y caminó hacia las dieciséis chicas que estaban todas sentadas en el suelo frente a ella. Instintivamente todas se levantaron al unísono y permitieron que Madre anduviese hacia el centro de ellas, como si entrase en un círculo sagrado. Las chicas se reunieron a su alrededor rodeándola en su centro. De nuevo, como en silenciosa comunión, las dieciséis chicas se tomaron de las manos mientras rodeaban la figura de Madre. Se movían lentamente en dirección opuesta a las agujas del reloj mientras la figura central giraba lentamente en dirección contraria. Los círculos externo e interno se movían así, lentamente al inicio, adquiriendo velocidad. Luego los círculos giraron cada vez más rápido…

…Teresa sintió como si su cuerpo hubiese entrado en trance. Sus piernas se movían, los ojos estaban cerrados… el círculo giraba más rápido… más rápido… moviéndose, moviéndose como un todo… el círculo siguió moviéndose… no había tiempo… ni sensación… ni orientación exterior… minutos… más tiempo… contracción… expansión… un hormigueo… una elevación… una energía… entonces… *algo cambió.*

Teresa estaba tumbada en la cama con los ojos cerrados. Era tarde, al final del día, pero el sueño estaba lejano. Teresa estaba intentando procesar lo que había pasado antes durante el día. Había sentido comunión con la flor del azafrán, con la especia. Y, significativamente, había sentido la presencia del hilo de oro. Pero no solo lo había sentido sino que además lo había *visto* con su ojo interior. Las había conectado a todas y había atado los dos círculos juntos. Lo había visto tejerse alrededor de cada chica y luego conectarse con Madre en el centro. Había visto a Madre en su ojo mental, con los brazos abiertos y girando en el centro del círculo: dos brazos abiertos estirados, con el hilo de oro conectado a su centro femenino. Y Teresa lo había sentido también... *todo*. Y había habido movimiento dentro de ella... una sensación muy placentera, una explosión dentro del cuerpo que resplandecía como una efervescencia de polvo de estrellas… no había otras palabras para describirlo. Sólo las palabras de Madre haciendo eco en su interior: *Recordemos, profundamente en nuestros corazones, y aún más dentro en nuestro ser, que si el sol exterior sale pero el sol interior no, entonces no se ha logrado nada.*

CAPÍTULO TREINTA Y SEIS

~ Donde no hay armonía ni gracia, no hay verdadera correspondencia ~

Los días siguientes fueron diferentes en la Casa del Azafrán para chicas. Ahora estaban listas para la cosecha. Después de la luna llena anterior tenían que esperar un poco más hasta la llegada del cuarto trimestre del ciclo lunar. Cuando la atracción gravitatoria de la luna es más débil, había dicho Madre, es su periodo de descanso. Es a continuación cuando las flores del azafrán estarán listas para la cosecha y la especia será más receptiva.

Crocus sativus –el crocus del azafrán– es una flor de color lila que contiene en su centro los tres estigmas ramificados de especia femenina. Los tres estigmas dorados como el sol ardiente esperan la mano preparada para arrancarlos.

Receptividad, espera, donación: como las tres cuerdas de una lira de oro esperando la melodía correcta que las libere…

…las chicas se despertaron antes del alba cuando el aire húmedo yace sobre el suelo de la madre Tierra. Éste iba a ser el primer día de cosecha, y cada corazón, cada mano, cada lazada del hilo de oro estaba listo… estaba preparado…

COSECHA

*La recolectora de azafrán es una fugitiva en este mundo:
una forastera interior que sostiene la copa llena de la
gratitud y el aprecio más dulces y profundos.*

CAPÍTULO TREINTA Y SIETE

~ La especia refleja de vuelta la trascendencia que
subyace en el corazón del cosmos ~

Extraer las flores del azafrán por la mañana antes de que salga el sol. Recolectar a mano cuidadosamente los estigmas carmín y secar al sol los hilos de azafrán para crear la especia. Trabajar con las cuatro manos de la recolectora de azafrán: paciencia, compasión, comprensión… y esas pequeñas cosas. Un gran trabajo para pequeñas cantidades; pero cuando la especia procede de las manos de la verdadera recolectora de azafrán su valor no se puede cualificar.

Eran los días de cosecha y Teresa junto con las demás

chicas había participado desde entonces en la recolección de cada año. Y ahora, tras varios años de cosecha, estaban secando otra vez el azafrán al sol para elaborar la especia. Las dieciséis chicas habían aprendido el arte de la metamorfosis, transformando los bulbos en flores y luego en especia seca. Ahora tenían un mundo en el cual la transformación era contagiosa.

Teresa ya tenía veintitrés años, como Tibby y Beatriz. Alicia y Abigail tenían veinticinco en tanto que la más joven, Simone, veintidós. A lo largo de los años las seis habían llegado a formar un grupo íntimo. Y habían sido años incluso más intensos que los previos a la primera cosecha. Al parecer, cuando una se estancaba se requería un esfuerzo mayor para abrirse paso. De lo contrario, había dicho Madre, una permanece abandonada en su propia isla, pensando contenta que ha alcanzado el final cuando aún está a la deriva. El único camino para la recolectora de azafrán era ir hacia delante: siempre moviéndose hacia delante, sin quedarse nunca inmóvil flotando en el agua.

El camino hacia delante consistía en plantar y cosechar anualmente las flores de azafrán. Y aquellas mañanas de cosecha antes de la salida del sol eran especiales. No sólo eran los días de alineamiento, comunión y conexión; también eran días de atención cuidadosa al mínimo detalle.

Antes de que salga el sol, las flores del crocus de azafrán están cerradas dormitando. Despiertan sus pétalos a las cálidas manos del sol y sus estigmas absorben la energía radiante. Las recolectoras de azafrán deben trabajar rápido para recoger tantos crocus de azafrán como sea posible antes de que la presencia del sol intervenga y arranque sus criaturas de las manos de las recolectoras humanas.

Las dieciséis chicas están todas sentadas en silencio alrededor de la gran mesa de madera. Trabajan en comunión, conectadas por el hilo de oro interior. Sus ágiles dedos extraen del centro, del corazón del crocus de azafrán, los tres arrebolados estigmas. Los estigmas de azafrán tostados al sol se depositan en un gran paño blanco y se ofrecen al sol mientras asciende a lo alto del cielo. Se vuelven a tostar una vez más. Esta vez los estigmas están sin su crocus madre y el calor del horno es tan fuerte que se completa la transformación final. Los estigmas ya no están. Ahora se han convertido en la especia, han adquirido todo su potencial.

La especia refleja de vuelta la trascendencia que subyace en el corazón del cosmos.

Teresa estaba sentada en el extremo más alejado del gran patio, en un banco a la sombra. En el otro extremo podía ver el pozo de agua, con su abertura cubierta todavía con una malla. Habían pasado muchos años desde que se había asomado a su oscurecido agujero. Desde entonces ninguna niña había caído en su húmeda garganta. Ese fue el día que Teresa recibió de Madre su pañuelo blanco de encaje, el mismo que aún adornaba su cabello. Habían sido muchos años, y sin embargo tan pocos. Era difícil saber exactamente cómo los años la habían moldeado de dentro afuera. En la Casa del Azafrán para chicas había algunas cosas que eran ciertamente contagiosas.

Teresa volvió en sí y observó la actividad que tenía lugar a su alrededor. Sabía que algunas de las otras chicas se irían pronto y también que entrarían nuevas caras. Habría otra instructora de gimnasia para enseñar a las más pequeñas, tal como Anna había hecho con ellas. El Trabajo seguiría: para Madre y para todas ellas.

Madre estaba envejeciendo y haciéndose más frágil.

CAPÍTULO TREINTA Y OCHO

~ Cada una de nosotras tiene un hilo de oro en su interior que es la perennidad de la cual nace incesantemente el cosmos ~

Al entrar en la habitación vio el semblante de la señora Aisha. Por entonces poca gente entraba en las estancias privadas de Madre. Con el paso de los años, las solicitudes de tiempo con la matriarca de la casa en lugar de disminuir habían aumentado. Justo como había hecho dieciocho años antes, cuando era una niña de cinco años, Teresa entró suavemente en la habitación donde los rayos del sol se adentraban a echar una mirada. Madre estaba de pie en el extremo más alejado junto a sus estanterías, con las manos dobladas frente a ella, recorriendo con la mirada los numerosos títulos y autores de los libros. Teresa se acercó en silencio.

Madre se volvió para mirarla y sonrió:

—Las caras son mejores que los nombres ¡y también mucho más fáciles de recordar!

El rostro de la vieja dama brilló con calidez interior y compasión. Teresa notó las profundas arrugas que actualmente enmarcaban sus rasgos, líneas que señalaban un terreno desconocido.

—Madre, sigue esforzándose demasiado.

En la voz de Teresa había un tono de súplica, aunque sabía que su ruego recaería sobre una sordera deliberada. Teresa sabía internamente que todavía había muchas cosas que hacer y que ahora, más que nunca, se necesitaba a Madre.

—Sí, querida. Es un *quehacer* que me llama desde la intemporalidad. Y esto es lo que nos conecta a todas, de manera que haciendo *vuestro* trabajo hacéis posible y liviano el mío. Es similar a tu juego de *Sóftbol del Azafrán*: cuando llegas al campo de juego esperas que tus compañeras de equipo estén allí, listas y preparadas para el partido. También esperas que estén los árbitros para observar y anotar los puntos; y cuentas con los utensilios, el bate y la pelota, y los necesitas. Ahora bien, si llegases al terreno de juego y esas cosas no estuvieran en su sitio... bueno, no podrías celebrar el partido. Pasa lo mismo aquí, en la Casa del Azafrán para chicas. Si la gente no realiza su preparación, *su trabajo*, entonces yo no puedo hacer el mío. Realmente yo estoy aquí por vosotras.

Madre movió un dedo frente a Teresa y sonrió.

—Por supuesto, cada una de nosotras tiene un hilo de oro en su interior que es la perennidad de la cual nace incesantemente el cosmos. Envejecer, querida niña, son solo las escamas que caen de una piel exterior. Siempre fuimos y siempre seremos.

Los ojos de Madre brillaron e irradiaron una empatía que inundó a Teresa. En ese momento sintió tanto amor por la vieja dama: su amiga, su mentora, su madre.

Madre dejó caer una mano despreocupadamente sobre las estanterías.

—Estos tienen su propósito, y también serán útiles para la siguiente. No obstante, algunos de ellos no se usarán — Madre echó una mirada incisiva y penetrante a Teresa—. Cada texto es un instrumento, una herramienta que debe funcionar de acuerdo con su tiempo. El trabajo de la recolectora de azafrán debe renovarse para cada nueva época, porque las circunstancias y los contextos siempre cambian. Pero tú ya lo sabes, Teresa.

Madre se separó de las estanterías y fue a sentarse en su gran y cómoda silla.

—Probablemente te estés preguntando por qué te he convocado aquí —Teresa se acercó a donde estaba Madre sentada y posó suavemente una mano sobre su hombro.

—No tiene por qué haber un motivo, madre. Yo estaré aquí para ti en cualquier momento.

—Tú eres buena, niña mía. Eres tan pura como los pétalos de azafrán y tan ardiente por dentro como la especia.

Teresa sonrió. En efecto, a lo largo de aquellos dieciocho años había ardido por dentro con el fuego sin llama.

Bruscamente, el rostro de Madre se tornó inexpresivo y frío.

—Tengo que decirte que estoy esperando: aguardo antes de poder irme. Y hasta que la espera termine, no puedo volver a verte. No vengas a verme otra vez hasta que deje de esperar —Madre volvió la cabeza hacia otro lado.

Teresa había sido despedida. Su estómago se constriñó firmemente como si retuviese dentro un prisionero en persona.

Al salir de las estancias privadas de Madre cerró la puerta tras de sí. Era verdad, y tan verdad; y Teresa lo sabía, siempre lo había sabido. Ahora tenía que encontrarlo de nuevo, aquello que sabía que era lo que más importaba.

CAPÍTULO TREINTA Y NUEVE

~ Cada ser humano es como la semilla de una flor
esperando polinizar el mundo ~

El día tenía un aire amenazador, como si se estuviesen pulsando algunas cuerdas ocultas. Las chicas no tenían que decir nada: simplemente *sabían*. Sentían que el hilo dorado se había engarzado en nuevos patrones, nuevas direcciones. Había una mano oculta entrando en el centro de su diseño firmemente entretejido y reorganizándolo.

En el cuarto de baño las chicas echaban miradas inquietas pero ninguna hablaba. Teresa podía sentir la palpitación, incluso escucharla, como si se oyesen todos los corazones latiendo. Era una sensación, una impresión a la que Teresa sabía que tendría que acostumbrarse con el paso del tiempo.

No comprendía como lo sabía… simplemente lo sabía. Y también sabía que era una sensación con la que Madre siempre había vivido y aún seguía viviendo.

A pesar de que se le había despedido de la presencia de Madre y le habían dicho que no volviera a visitarla, Teresa se sentía más cercana a su mentora en lugar de más alejada. Después de un día de malhumor y profunda introspección Teresa había terminado por darse cuenta de lo que Madre estaba esperando, de qué era lo que quería realmente. No, no quería: lo necesitaba. La despedida había sido una llamada, un recordatorio de que si alguna vez llegaba la hora tenía que ser ahora. Teresa se dijo a sí misma que más adelante, al atardecer, visitaría a Madre. Antes tenía que sobrellevar el día; y tenía el presentimiento de que iba a ser un día que siempre recordaría mucho más que otros.

Teresa fue a la biblioteca a buscar a la señora Morag. Tenía ganas de hablar con ella. De alguna manera Teresa pensaba que podría ayudarle, que la vieja señora sería capaz de ofrecerle algún encuadre para sus propios pensamientos; pero no pudo encontrarla por ningún sitio. La biblioteca estaba abierta, pero la oficina estaba cerrada y su presencia habitual ausente.

Teresa decidió ir a las cocinas para ver si podía hablar con la señora Pym, que normalmente era una fuerza vivaz. Cuando llegó se encontró con que el comedor estaba ocupado en actividades. Muchas de las chicas más jóvenes estaban limpiando y ordenando a toda prisa el comedor mientras que unas cuantas de las mayores, como Beatriz y Simone, ayudaban a la señora Pym a mover algunas mesas a un lado. La señora Pym echó un vistazo cuando Teresa entró en el comedor pero rápidamente siguió con su trabajo. Para Teresa era obvio que la enorme señora no estaba de humor ni en situación de responder sus preguntas. Cuando Teresa estaba saliendo del comedor casi se tropieza con la señora Celia que entraba. Teresa le pidió disculpas y mientras hablaba se dio cuenta de que en la señora Celia había algo ligeramente diferente. Aún tenía la cara fina y estilizada encaramada encima de su alta y delgada figura. Eso era: la señora Celia se había vuelto a teñir el pelo. Era mucho más rojizo de lo habitual y casi relucía frente al tono natural de la piel de su cara. Pelo recién teñido: ¿qué tendría de especial aquel día?

Tras la señora Celia llegaron las inocentes caras asombradas.

El grupo entró en el comedor agarrándose de las manos formando una cadena. El Hilo de Oro, pensó Teresa, mientras veía las recién llegadas entrelazándose en la habitación. ¡Parecían todas tan jóvenes! No podían tener más de…

—Tienen cinco años; una seis, otra cuatro y el resto cinco años —Teresa miró a la señora Celia a los ojos—. Sí —continuó la señora—, exactamente la misma edad que cuando llegaste tú. ¿O quizá ya no te acuerdas de eso? Aquel día también me teñí el pelo —la señora Celia sonrió y le echó una mirada cómplice—. Pero tú ya no sigues siendo una niña ¿no es cierto? ¡Te has convertido en toda una señora!

La señora Celia siguió tirando de la cadena de niñas.

—Vamos chicas, tengo un montón de cosas que enseñaros.

Teresa observó la estela de cuerpos jóvenes entrando en el corazón de la Casa del Azafrán.

Si entra algo nuevo algo viejo debe irse. Siempre tiene que haber una armonía, un equilibrio. Era como la circulación en el organismo, como a menudo había dicho Madre. Había asemejado las recolectoras de azafrán a la sangre en el cuerpo, al flujo de la vida. Así como hay inspiración, hay espiración: la inhalación y la exhalación. Algunas de las recolectoras de azafrán se irían ese mismo día. Todas las chicas lo sabían pero ninguna podía hablar de ello.

El instinto de Teresa la envió de vuelta a su dormitorio. Entró con un corazón expectante. Todas las camas estaban hechas, exactamente como las habían dejado. Solo que la habitación parecía más desnuda que de costumbre. Muchos de los efectos personales se habían ido. Teresa debería haberlo sabido.

Madre las había preparado para ello. Les había dicho, con su amable voz y sus ojos amorosos, que todos y cada uno de los seres humanos son como la semilla de una flor esperando polinizar el mundo. La especia se estaba diseminando: la cosecha se estaba difundiendo cada vez más lejos.

Teresa estaba bajando la gran escalera de piedra cuando se cruzó con la señora Morag. Ninguna dijo ni palabra. No lo necesitaban, una mirada era suficiente.

Estaban esperando. Todas lo hacían. Todas sabían. Incluso la propia Teresa lo sabía. ¿Entonces, por qué lo retuvo durante tanto tiempo? Recordaba las palabras de Madre cuando caían sobre sus oídos como encantamientos: *la verdadera libertad es no tener elección.*

La señora Aisha abrió la puerta para dejarla entrar.

CAPÍTULO CUARENTA

~ El sacrificio es todo y es nada: es el corazón
resplandeciente y la matriz receptiva ~

Madre estaba sentada en su silla favorita junto a la ventana cerrada. Teresa, sintiéndose como una niña pequeña, entró silenciosamente en la habitación, sin querer hacer el menor ruido. Sin querer alterar las motas de polvo a la deriva por el aire casi inmóvil. Se sentía de nuevo como el primer día. Solo que esta vez Madre parecía más frágil; una flor más vieja captando la calidez del sol. Madre sabía que Teresa había llegado, pero no se movió. Fue como si quisiese mostrar deliberadamente su lado personal frágil. Como si hubiese bajado la guardia a propósito para que se la viese por dentro, más allá de la frontera, aunque sólo fuese por un brevísimo instante. Ambas mujeres permanecieron en silencio; una la observadora y la otra la observada. Y en ese hilo de tiempo las dos damas compartieron un abrazo privado. También era un reconocimiento silencioso, un privilegio especial.

Por fin, Madre volvió la cabeza y sonrió a Teresa.

—Ven aquí, querida.

Teresa se acercó tranquilamente. Cuando llegó donde estaba sentada Madre se inclinó y depositó un leve beso en su frente. Madre alargó su mano y tomó la de Teresa.

—Siento que me haya llevado tanto tiempo —dijo Teresa con una voz suave.

—No te preocupes, mi niña. Tomó el tiempo necesario, que para ti es éste. La verdad de esto nunca estuvo en duda. Se supo todo el tiempo.

Madre hizo señas a Teresa de que se sentase en una banqueta frente a ella.

—¿Ha terminado mi espera? —Madre miró inquisitivamente a Teresa, aunque en sus ojos había un río de cariño.

Teresa asintió con la cabeza y se echó hacia delante para acercar su cara a la de la vieja dama. Entonces dijo con suavidad:

—Es sacrificio. La esencia de la especia de azafrán es que lo sacrifica todo. Da todo su aroma, sus propiedades, sus aspectos: lo da todo de sí misma a quienes la reciben. Y a cambio de este sacrificio lo recibe todo: se completa.

Madre cerró los ojos y respiró profundamente varias veces. Cuando los abrió de nuevo tenía una mirada profunda, lejana.

Teresa había entendido la esencia del azafrán. La comprensión le había llegado en la penúltima reunión de la especia cuando Madre había hablado sobre la especia y una bola de energía se había formado en su pecho. Y era esta comprensión lo que Madre había estado esperando recibir.

Madre alargando las manos tomó las de Teresa entre las suyas. Entonces Teresa entendió que Madre lo había sabido todo el tiempo. La vieja dama asintió y le hizo un guiño, como si reconociese este pensamiento.

—Algunas cosas simplemente *son*, Teresa. Lo que queda es esperar hasta que lo que ya se conoce se haga consciente. He estado esperando tu llegada muchos días, pero en ningún momento dudé de que este momento llegaría. Cuando se trata de la esencia de la especia no hay dudas. Todo tiene su necesidad, y tales necesidades tienen su momento. A menudo, todo lo demás es imaginación, distracción o vacilación humanas. Pero para las flores y para toda la hermosa vida en la Naturaleza hay un momento diferente. Suyo es el tiempo del flujo natural. Es una corriente de armonía y necesidad. Es un gran diseño donde se tejen todos los hilos. Ahí dentro también yace el hilo de oro, con su propio diseño global. Está tanto dentro de la Naturaleza y de la humanidad como con la Luz más grande. El camino del azafrán debe continuar tejiendo su hilo de oro a través de toda la vida. Y ahora el camino requiere otro corazón, uno joven, porque el mío cada vez está más cansado. Lo que se pide es un gran sacrificio. El camino del azafrán siempre ha demandado este sacrificio y todos los llamados han hecho la ofrenda. El sacrificio es todo y es nada: es el corazón resplandeciente y la matriz receptiva. Es como ama el cosmos, y sacrificarse es el amor más grande.

Madre extendió las manos hacia la cabeza de Teresa y suavemente la atrajo hacia delante. A continuación deslizó las manos hacia su espalda y desató del pelo el pañuelo blanco de encaje; lo colocó en las manos de Teresa y las apretó firmemente.

—Éste es para la siguiente, querida mía.

Ambas sentadas en silencio, con las manos entrelazadas, respirando suavemente al unísono.

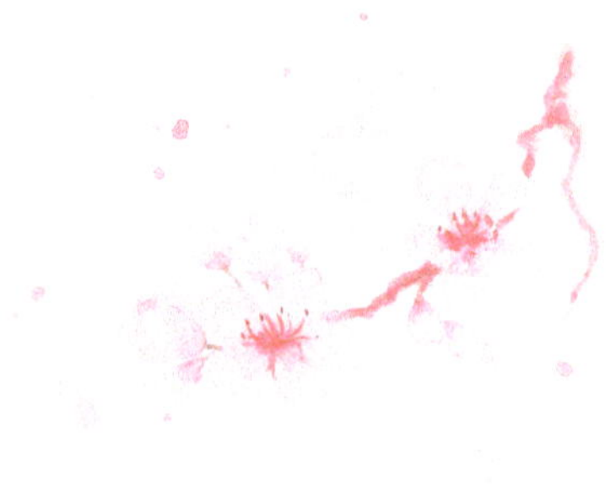

CAPÍTULO CUARENTA Y UNO

~ El corazón humano refleja los diseños intencionados
del cosmos ~

Tibby estaba en la azotea, con la cabeza echada hacia atrás, mirando el cielo nocturno. Cuando Teresa se acercó no dijo nada. Había sido un día largo. Había habido muchos cambios en la Casa del Azafrán para chicas. Las dos chicas estaban de pie codo con codo y estiraron el cuello para recibir la luz de las estrellas desde lejos, muy lejos.

—Estoy contenta de que aún estés aquí, Tibby.

La chica de pelo corto se volvió y miró a su amiga de cabello largo y oscuro.

—Yo también estoy contenta de estar aquí contigo —entonces notó que algo había cambiado—. No llevas el pelo atado por detrás, ¿dónde está tu pañuelo blanco?

—Ya se fue —Teresa miró a Tibby a la cara y reconoció a la amiga que necesitaba.

—Como Abigail y Alicia: ¡también se marcharon! —Los ojos de Tibby se humedecieron.

Teresa asintió con la cabeza.

—Algunas de nosotras tienen que dispersarse por el mundo, es nuestro camino.

—Yo todavía estoy aquí, ¡lo mismo que tú!

—Te voy a necesitar Tibby. ¿Me ayudarás?

—¡Por supuesto! —Tibby dio un abrazo a su amiga. Teresa le devolvió el abrazo, aunque sintió en su cuerpo una ligera resistencia.

—Sabes que siempre te ayudaré.

—Sí, supongo que siempre lo he sabido —replicó Teresa con una sonrisa.

—¿Y qué más?

—¿Qué más? —Teresa miró a su amiga y supo lo que quería decir—. Algunas cosas van a cambiar y otras continuarán igual. Así ha sido siempre.

—¿Hay más chicas que nos van a dejar?

Teresa asintió.

—Algunas más tendrán que irse. En el mundo se las necesita. Al mismo tiempo tenemos nuestras nuevas admisiones.

—Nuevas almas jóvenes entrando en el camino de las

recolectoras de azafrán —Tibby miró una vez más a la noche estrellada con una sonrisa en los labios. Entonces dejó escapar un suspiro.

—¿Te acuerdas de hace tantos años, Teresa? ¿Te acuerdas de nosotras? El árbol en el campo, la lluvia, el pozo... hace ya muchos años.

—Sí, hace tantos años. Y a medida que nos hacemos mayores el tiempo corre más deprisa.

—¿Y por qué pasa eso?

—Nuestros cuerpos, todas nuestras células vibran más rápido: es el avivamiento. A medida que nos acercamos a la madurez, aparece el avivamiento. Igual que los brotes en la Naturaleza antes del florecimiento.

—¿Y después de la madurez, todavía hay avivamiento?

—Sí, la aceleración hacía la decadencia y la renovación.

—¿Y el futuro, *nuestro* futuro?

—Nuestro futuro está aquí, Tibby. Si aceptas quedarte conmigo estaremos aquí hasta que nos hagamos viejas... viejas como las señoras de aquí.

—¿Y entonces?

—Y entonces por fin dejaremos el nido y entraremos en el mundo, pero será un mundo diferente. Si lo aceptas Tibby.

Tibby rodeó a Teresa con el brazo.

—Sí, acepto. Me quedo aquí todo el tiempo que te quedes tú. No me voy a ningún sitio. Para mí el camino del azafrán está aquí: éste es mi sendero. ¿Y Madre?

Esta vez fue Teresa quien suspiró.

—La Madre que conocemos y amamos pronto nos dejará.

La cara de Tibby se tiñó de tristeza. Teresa la atrajo hacia sí para tranquilizarla.

—Pero la esencia de la especia permanece… se ha transferido.

Tibby no dijo nada. Escuchaba subir y bajar su respiración bajo un dosel de estrellas.

Para cuando llegó la primera luz del amanecer las cosas ya habían cambiado en la Casa del Azafrán para chicas. Tibby se despertó sintiendo una atmósfera diferente como si hubiese en el aire una nueva fragancia. Lo primero que hizo fue mirar hacia la cama de Teresa.

Estaba vacía. Su mejor amiga se había ido.

MARIA

*Sé incansable, sé amorosa: sé lo verdaderamente
femenino en esta tierra. No hay nada más
grande, más hermoso, o más enriquecedor.*

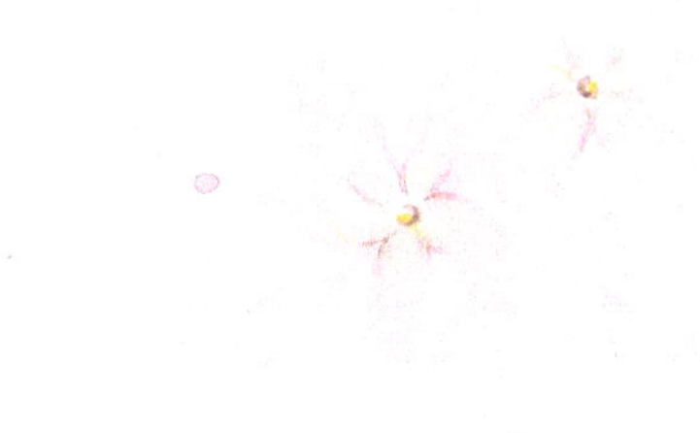

CAPÍTULO CUARENTA Y DOS

~ La Tierra es una madre entre otras muchas ~

La pequeña niña entró sigilosamente en la habitación, sin querer hacer el menor ruido, ni perturbar las motas de polvo que flotaban a la deriva sobre los rayos del sol. La luz matinal había surgido temprano, como solía durante los días de verano. El calor también había comenzado a ascender, preparándose para penetrar a través de la ventana ligeramente entreabierta. Con los últimos vestigios de la fragancia nocturna del jazmín avanzando de puntillas, una levísima brisa brindó un suspiro de su aroma. La niñita se mantuvo quieta, esperando pacientemente. Sus sentidos estaban alerta, buscando señales, deseando captar cualquier pista. Podía oír el sonido de su corazón bombeando dentro del pecho. Era joven y, aún así, había aprendido a ser observadora. También sabía, de alguna manera, que estar aquí no quería decir nada.

Sus ojos se iluminaron al recaer sobre la figura sentada junto a la ventana.

María tenía cuatro años. Entrar en la habitación de Madre era uno de sus primeros y más definidos recuerdos. Fue en aquel momento –en aquella habitación suavemente perfumada donde la sombra y la luz se entremezclaban– donde empezó todo. En el instante en que María entró en la habitación todos los acontecimientos previos se disociaron de su vida. Siempre recordaría aquella mañana rociada de sol como el primer día de su vida. Fue la primera vez que se encontró con Madre, y los primeros encuentros nunca vuelven por mucho que se desee. Son preciosos, como una oportunidad de oro.

CAPIÍTULO CUARENTA Y TRES

~ Porque tú eres el sol, la luna, la lluvia, y el latido del corazón ~

Habían pasado muchos, muchos años desde que Teresa susurrase el secreto de la esencia del azafrán en los oídos de Madre. Y durante los años transcurridos Madre no solo reveló la mayor confluencia de las esencias sino que había cumplido su promesa respecto a la revelación de la especia. El hallazgo había llevado muchos años de preparación y transmisión. Y ahora Teresa era su custodia. En el mundo siempre había habido especia, y en tanto hubiese gente preparada para mantener la transmisión, siempre continuaría habiendo.

Teresa recordaba claramente en su mente las últimas

palabras de Madre.

—Siempre he tenido a mis chicas alrededor, ahora tú tendrás las tuyas. No estás sola, la especia no lo permite. Te ayudarán en todo lo que hagas. Confía en tus amigas, tus señoras, porque ahora son más que tu familia: se han convertido en parte de tu cuerpo. Existís como una unidad orgánica, compartiendo juntas pensamientos, conocimiento y comprensión. Madre solo es el corazón extendido, las señoras serán tus órganos, la Casa del Azafrán tu cuerpo, y las recolectoras de azafrán serán como tu sangre. Al igual que la tierra es un cuerpo, así somos nosotras. Como es lo macro así es lo micro. Y la especia es el *ingrediente especial* que necesita la humanidad para seguir creciendo sobre este hermosísimo planeta. Es una gran bendición que se te ha otorgado; y al mismo tiempo el más exigente de los trabajos. Sé incansable, sé amorosa: sé lo verdaderamente femenino en esta tierra. No hay nada más grande, más hermoso, o más enriquecedor. Es el Todo, y nadie que no participe puede saber de ello. Gran amor, hija bendecida de la tierra, porque tú eres el sol, la luna, la lluvia, y el latido del corazón. Eres todo y no eres nada. Eres de la tierra y del espíritu. Abrázalo todo y déjate abrazar por todo. No dejes nada intacto… gran, gran amor. Ahora ve y cuida las flores de azafrán por mí.

Madre se había ido, llevándose con ella a todas sus señoras excepto a una. La Casa del Azafrán para chicas siguió por su sendero conocido; el gran edificio era una escuela, un organismo y un arca.

CAPIÍTULO CUARENTA Y CUATRO

~ Como ha sido siempre, así siempre
continuará siendo ~

María abandonó la habitación en silencio, con la mente y el cuerpo llenos de nuevas sensaciones.

Fuera de las estancias privadas la secretaria personal de Madre, la señora Tibby, la estaba esperando. La vieja dama tomó a la niña de la mano y caminó con ella por el corredor.

—Ésta es tu nueva casa, María. Aquí aprenderás montones de cosas nuevas y harás muchas nuevas amigas. Estoy segura de que esto te va a gustar. La Casa del Azafrán cuida bien a sus chicas.

—¿Madre? —preguntó la niña con un suspiro.

La señora Tibby sonrió y acarició suavemente el cabello de la niña.

—Sí, Madre también. Ella cuida muy bien a todas sus hijas. Sí, especialmente Madre.

La señora Tibby llevó a la niña abajo al comedor comunal a encontrarse con las demás. Cuando llegaron María vio que allí había otras niñas como ella. Todas tenían la misma expresión en sus rostros, como si las hubiesen atrapado en un haz de luz de estrellas. María lo reconoció como la expresión de una recién llegada intentando entender su nuevo hogar. María era lista para reconocer las cosas con rapidez.

Una robusta dama con cara jovial vino a saludarlas.

—Bueno, María, ella es la señora Simone y está encargada de las cocinas y el comedor. Ahora se ocupará de ti hasta que se te asigne una habitación. Te cuidará bien, siempre lo hace.

La señora Simone lanzó a la señora Tibby una sonrisa de complicidad y bajó la vista hacia María.

—Ven conmigo, mi querida niña, y te daré algo calentito que meter en tu estómago.

Las dos se fueron juntas.

La señora Tibby se volvió y vio la alta y fuerte silueta de la señora Beatriz en la puerta, llevando su carpeta de existencias bajo el brazo. Sí, *tiene más o menos la misma altura que la señora Celia*, pensó Tibby mientras guiñaba el ojo a Beatriz.

Tibby volvió a la gran escalera de piedra que la llevaría de vuelta a las estancias privadas de Madre, y a su propia oficina en la puerta de al lado. Al entrar en su corredor la señora Tibby miró hacia la puerta de la biblioteca. No pudo resistirse a echar un breve vistazo dentro. Abrió la puerta silenciosamente y metió la cabeza en la habitación. Sonrió para sí al ver una pequeña y delicada figura poniendo libros sobre el estante sin ni siquiera leer el número de catálogo.

Como ha sido siempre, así siempre continuará siendo, pensó para sí misma la señora Tibby y cerró la puerta. Amaba estar en la Casa del Azafrán para chicas y sobre todo estar cerca de Madre, su queridísima amiga. Aún había mucho trabajo que hacer.

Madre se echó hacia atrás en su cómoda silla tapizada. Sí, lo había sabido sin duda alguna. Todo su cuerpo le decía que estaba en lo cierto. María sería la elegida, exactamente como lo había sido ella muchos años antes. Ahora se dio cuenta de que su propia Madre debió haber sabido en su primer encuentro que ella, una niña de cinco años, la sucedería. Qué importante era saberlo desde el principio. Esto lo cambiaba todo. Y el blanco pañuelo de encaje pronto estaría atado alrededor del pelo de María, de manera que las señoras también lo supiesen. Todo consiste en la *preparación…* y el resto; bueno, ése es el camino del azafrán.

*** FIN ***

Kingsley L Dennis, PhD, es sociólogo, investigador y escritor. Con anterioridad trabajó en el Departamento de Sociología de la Universidad de Lancaster, Reino Unido. Kingsley es autor de varios libros aclamados por la crítica, así como de numerosos artículos sobre futuros sociales; tecnología y nuevos medios de comunicación; asuntos mundiales; y evolución consciente. Actualmente vive en Andalucía, España.

Se puede establecer contacto con él en su página web personal: www.kingsleydennis.com

Del mismo autor

La Fundacion: El enigma de una comunidad (Canción de las ciudadelas, Vol.2)

La Ciudadela: Un misterio en el corazón de la civilización (Canción de las ciudadelas, Vol. 1)

Consciencia y Evolución. Reflexiones 2012-2015.

Encuentros con Monroe: conversaciones con un hombre que vino a la tierra.

Romper el hechizo. Una exploración de la percepción

***

Naomi Hasegawa, nació en Holanda de madre hispano-alemana y padre japonés, y ha sido artista desde que pudo sostener un lápiz. Lectora insaciable, se ha sentido muy agradecida por haber disfrutado de la oportunidad de combinar dos de sus pasiones. Siendo, entre otras cosas, artista independiente y estudiante de la Vida, le encanta un buen desafío y tener la ocasión de aprender, y le gusta tratar esas oportunidades como las enseñanzas que nos ofrece la vida.

Podéis visitarla en www.naomihasegawa.com

www.ingramcontent.com/pod-product-compliance
Lightning Source LLC
Chambersburg PA
CBHW050439200726
48295CB00024B/733